Una Historia de los Tiempos Venideros

Por

H. G. Wells

Copyright del texto © 2023 Culturea ediciones
Sitio web : http://culturea.fr
Impresión: BOD - Books on Demand
(Norderstedt, Alemania)
Correo electrónico : infos@culturea.fr
ISBN :9791041813308
Depósito legal : abril 2023
Queda prohibido reproducir parte alguna de
esta publicación,
en cualquier forma material, sin el premiso
por escrito
de los dos titulares del copyright.

La cura de amor.

El excelente Mr. Morris era un inglés que vivió en la época de la buena reina Victoria. Era, un hombre próspero y muy sensato; leía el Times e iba a la iglesia. Al llegar a la edad madura, se fijó en su rostro una expresión de desdén tranquilo y satisfecho por todo lo que no era como él. Era Mr. Morris una de esas personas que hacen con una inevitable regularidad todo lo que está bien, lo que es formal y racional.

Llevaba siempre vestidos correctos y decentes, justo medio entre, lo elegante y lo mezquino. Contribuía regularmente a las obras caritativas de buen tono, transacción juiciosa entre la ostentación y la tacañería, y nunca dejaba de hacerse cortar los cabellos de un largo que denotara una exacta decencia.

Todo cuanto era correcto y decente que poseyera un hombre de su posición, lo poseía él, y lodo lo que no era ni correcto ni decente para un hombre de su posición, no lo poseía.

Entre esas posesiones correctas y decentes, el tal Mr.

Morris tenía una esposa y varios hijos. Naturalmente, la esposa que tenía era del género decente, y los hijos eran del género decente, y en número decente: nada de fantástico o de aturdido en ninguno de ellos, en cuanto Mr. Morris alcanzaba a ver. Llevaban vestidos perfectamente correctos, ni elegantes, ni higiénicos, ni raídos, sino justamente como la decencia los exigía. Vivían en una casa bonita y decente, de arquitectura Victoriana, al estilo de reina Ana, que ostentaba en el frontis falsos cabriolés de yeso pintados color de chocolate; en el interior, tableros imitación encina esculpida, de Lincrusta Walton; un terrado de barro cocido que imitaba la piedra, y falsos vitreaux en la puerta principal. Sus hijos fueron a escuelas buenas y sólidas, Y abrazaron respetables profesiones; Sus hijas, no obstante una o dos veleidades fantásticas, se unieron en matrimonio con partidos adecuados, personas de orden, avejentadas y «con esperanzas». Y cuando le llegó el momento decente y oportuno, Mr. Morris murió. Su tumba fue de mármol, sin inscripciones laudatorias ni insulseces artísticas, tranquilamente imponente, porque esa era la moda de aquella época.

Sufrió diversos cambios, según la costumbre en tales casos, y mucho tiempo antes de que esta historia comenzara, sus mismos huesos estaban reducidos a polvo y esparcidos a los cuatro vientos. Sus hijos, sus nietos, sus biznietos y los hijos de éstos, no eran ya, ellos también, otra cosa que polvo y cenizas, las cuales habían sido igualmente desparramadas.

Era cosa que él no habría podido nunca imaginarse, el que llegaría el día en que hasta los restos de sus tataranietos fueran esparcidos a los cuatro vientos. Si alguien hubiera emitido semejante idea en su presencia, él habría sentido una grave ofuscación, pues era una de esas dignas personas que Do tienen interés alguno por el porvenir de la humanidad. A decir verdad, tenía serias dudas en cuanto a que tocara a la humanidad un porvenir cualquiera después de que él hubiera muerto.

Le parecía completamente imposible y absolutamente desnudo de interés el imaginarse que hubiera algo después de su muerte. Sin embargo, así era, y cuando hasta los hijos de sus biznietos estuvieron muertos, podridos —y olvidados—, cuando la casa de falsas vigas hubo sufrido la suerte de todas las cosas ficticias, cuando el Times no apareció más, cuando el sombrero de copa pasó a ser una antigüedad ridícula, y la piedra tumular, modesta e imponente, que había sido consagrada a Mr. Morris, había sido quemada para hacer cal y argamasa, y cuando todo lo que Mr. Morris había juzgado importante y real se había desecado y estaba muerto, el mundo existía aún y había en él personas que miraban el porvenir, o más bien dicho, todo lo que no era su persona o su propiedad, con tanta indiferencia como lo había mirado Mr.

Morris Cosa extraña de observar, y que habría causado a Mr. Morris un gran enojo si alguien se lo hubiera predicho: por todo el mundo vivía esparcida una incertidumbre de personas que respiraban la vida y por cuyas venas corría la sangre de Mr. Morris, así como, un día por venir, la vida que está hoy concentrada en el lector de la presente historia, podrá estar igualmente esparcida por todos los extremos de este mundo y mezclada en millares de razas extranjeras, más allá de todo pensamiento y de todo rastro.

Entre los descendientes de este Mr. Morris había uno tan sensato y de espíritu tan claro como su antepasado. Tenía exactamente la misma armazón sólida y corta del antiguo hombre del siglo XIX, cuyo nombre de Morris, llevaba aun —pero con esta ortografía: Mwres—; tenía en el rostro la misma expresión medio desdeñosa. Era también un personaje próspero para su época, lleno de aversión hacia lo nuevo, y para todas las cuestiones concernientes a lo porvenir y al mejoramiento de las clases inferiores, como lo había sido su antepasado Mr. Morris. No leía el Times (para decir, la verdad, ignoraba que alguna vez hubiera habido un Times); esta institución había naufragado en alguna parte, en los abismos de los años transcurridos. Pero el fonógrafo que le hablaba por la mañana, mientras se vestía, reproducía la voz de alguna reencarnación de Blowitz que se entrometía en los asuntos del mundo. Esa máquina fonográfica tenía las dimensiones y la forma de un reloj holandés, y en la parte delantera unos indicadores barométricos movidos por electricidad, un reloj y un calendario eléctricos, un memento automático para las citas, y en el sitio de la esfera se abría la boca de una trompeta. Cuando tenía noticias, la trompeta graznaba como un pavo: «¡galú! ¡galú!» después de lo cual voceaba su mensaje, como una trompeta puede vocear.

Mientras Mwres se vestía, le cantaba, en tonos sonoros, amplios y guturales, los accidentes sobrevenidos la víspera a El famoso corresponsal que el Times tiene en París, los ómnibus volantes que circulaban en torno del globo, los nombres de las últimas personas llegadas a los balnearios a la moda recientemente fundados en el Tíbet, las reuniones de las grandes compañías monopolizadoras celebradas la víspera.

Si lo que la trompeta decía fastidiaba a Mwres, éste no tenía más que tocar un botón, y la máquina, después de una corta sofocación, hablaba, de otra cosa.

Naturalmente, su vestir difería mucho del de su antepasado.

Sería difícil decir cuál (lo los dos habría sentido mayor asombro y habría sufrido más al encontrarse dentro de las ropas del otro.

Mwres habría preferido ciertamente ir desnudo por completo, a, ponerse el sombrero de felpa, la levita, el pantalón gris perla y la cadena de reloj que en los tiempos pasados habían llenado a Mr. Morris de un sombrío respeto por sí mismo. Para Mwres no existía ya el fastidio de afeitarse: un hábil operador había desde tiempo atrás hecho desaparecer hasta el último pelo de su cara. Sus piernas estaban encerradas en un agradable vestido de color rosado y ambarino, y tejido de una materia impermeable para el aire: él lo hinchaba con una ingeniosa bombita, de manera de sugerir la idea de músculos enormes. Por encima de eso, llevaba también vestidos neumáticos, y sobre éstos una túnica de seda color ámbar, de suerte que estaba vestido de aire y admirablemente protegido contra los cambios repentinos de temperatura.

Encima de todo se echaba un manto escarlata, de bordes fantásticamente recortados. En su cabeza, que había sido hábilmente despojada hasta de los más pequeños cabellos, ajustaba una gorrita de color rojo vivo, mantenida recta por inspiración, llena de hidrógeno y con un parecido curioso a la cresta de un gallo. Así, completo su atavío, y consciente de hallarse vestido sobriamente y con corrección, estaba dispuesto a afrontar, con mirada tranquila, a sus Contemporáneos.

Este Mwres —el tratamiento de «señor» había desaparecido desde épocas atrasadas— era, uno de los funcionarios del Sindicato de las Máquinas de Viento y de las Caídas de Agua, gran compañía que poseía las ruedas de viento y las caídas de agua del mundo entero, monopolizaba el agua y proveía de fuerza eléctrica necesaria para la gente en esos días avanzados.

Ocupaba en un vasto hotel, cerca de la parte de Londres llamada la

Séptima Vía, un espacioso y cómodo departamento situado en el décimo séptimo piso. —Las casas particulares y la vida de familia habían desaparecido desde tiempo atrás, con el refinamiento progresivo de las costumbres, y, a decir verdad, la constante alza de los intereses y del valor de los terrenos, la desaparición necesaria de los sirvientes, la complicación de la cocina habían hecho imposible el domicilio privado del siglo XIX, aun para aquel que hubiera deseado vivir en tan salvaje reclusión.

Cuando hubo acabado de vestirse, Mwres se dirigió hacia una de las puertas de la habitación (en cada extremo había puertas, indicadas por dos enormes flechas que se dirigían en sentidos opuestos); tocó un botón para abrirla, y salió a un ancho pasadizo cuyo centro, provisto de asientos, se dirigía hacia la izquierda, con un movimiento regular de avance. En algunos de esos asientos estaban sentados hombres y mujeres, vestidos con elegancia. Mwres saludó con un movimiento de la cabeza a una persona conocida suya que pasaba (en esa época era de etiqueta el no conversar antes del almuerzo), ocupó, uno de los asientos, y en pocos segundos el pasadizo lo transportó a la entrada de un ascensor por el cual descendió a la sala grande y espléndida en la cual secamente el desayuno.

Éste era muy diferente del desayuno que se servía en el siglo XIX. Las duras tajadas que entonces había que cortar y untar de grasa animal para que pudieran ser agradables al paladar; los fragmentos todavía reconocibles de animales recientemente sacrificados, horriblemente carbonizados y destrozados; los huevos quitados sin compasión a alguna gallina indignada, todos esos alimentos que constituían el menú ordinario del siglo XIX, habrían sublevado el horror y el asco en el espíritu refinado de la gente de esta época, avanzada. En vez de aquellos alimentos, había pastas y pasteles, de cortes agradables y variados, que en nada recordaban la forma ni el color de los infortunados animales de que se sacaba para ellos la substancia y el jugo. Aparecían los alimentos en fuentecillas que salían deslizándose por sobre unos rieles, de una pequeña caja puesta a uno de los lados de la mesa. La superficie sobre la cual comía la gente, habría parecido a un hombre del siglo XIX, que juzgara, por la vista y el tacto, como si estuviera cubierta de un fino y adamascado mantel blanco, pero era en realidad una superficie de metal oxidado que se podía limpiar instantáneamente después de cada comida. Había en la sala centenares de esas pequeñas mesas, y delante de la mayor parte de ellas estaban sentados, solos o en grupos, los ciudadanos de esa época.

En el momento en que Mwres se instalaba delante de su elegante desayuno, una orquesta invisible, que se había detenido un instante, empezó nuevamente a, tocar, y llenó de música el aire.

Pero Mwres no pareció interesarse mucho por su desayuno ni por la música: sus miradas vagaban incesantemente a través de la sala, como si esperara a algún comensal atrasado.

Por fin se levantó precipitadamente, hizo una seña y simultáneamente, apareció al otro extremo de la sala una forma alta y sombría, vestida con un traje de color amarillo y verde aceituna. A medida que se acercaba esa persona, andando con paso mesurado por entre las mesas, la expresión enérgica de su cara pálida y la extraordinaria intensidad de sus ojos se hacían visibles. Mwres se sentó, señalando al recién venido un asiento a su lado.

—Temía que no pudiera usted venir —dijo.

A pesar del espacio de tiempo transcurrido, la lengua que Mwres hablaba era todavía casi exactamente la misma que se usaba en el siglo XIX. La invención del fonógrafo y otros medios semejantes para fijar el sonido, así como la substitución progresiva de los libros por instrumentos de ese género, no habían solamente detenido la debilitación de la vista humana, sino también, al establecer reglas seguras, había contenido los cambios graduales de pronunciación, hasta, entonces inevitables.

—Me ha hecho venir con atraso un caso interesante —dijo el hombre del traje amarillo y verde—. Un político importante… ¿comprende usted?… que sufría del exceso de trabajo.

Echó una ojeada al desayuno y se sentó.

—¡Eh, querido! —dijo Mwres—. Ustedes los hipnotizadores no carecen de trabajo.

El hipnotizador se sirvió una jalea color de ámbar muy apetitosa.

—Sucede que a mí se me solicita mucho dijo modestamente.

—¿Quién sabe lo que sería de nosotros sin ustedes?

—¡Oh! ¡No somos tan indispensables! —dijo el hipnotizador, saboreando el gusto de su jalea—. El mundo ha vivido muy bien sin nosotros durante algunos miles de años. Hace apenas doscientos años… ¡no había ni un hipnotista! Quiero decir, uno que ejerciera la profesión. Médicos a millares, cierto, en su mayoría terriblemente torpes, e imitadores los unos de los otros como carneros, pero médicos del espíritu, ni uno, aparte de algunos charlatanes empíricos.

Y concentró su espíritu en la jalea.

Pero, entonces, ¿era tan sana la gente que?… —comenzó Mwres.

El hipnotista meneó la cabeza.

—Poco importaba que fueran idiotas o desequilibrados: ¡la vida era entonces tan cómoda! nada de competencias dignas de este calificativo… nada de opresión. Se necesitaba que un ser humano fuera lindamente desequilibrado para que alguien se ocupara (le él, y entonces, como usted sabe, era para meterlo en lo que se llamaba un asilo de alienados.

—Lo sé —dijo Mwres—: en esas malditas novelas históricas que todo el mundo escucha, alguien libra siempre a una hermosa joven encerrada en un asilo o en algún lugar de ese género. Ahora me pregunto si esas tonterías le interesan a usted.

—Debo confesar que sí —dijo el hipnotista— es un cierto cambio eso de trasladarse a aquellos días extraños, venturosos y medio civilizados del siglo XIX, cuando los hombres eran osados y las mujeres sencillas. Yo prefiero toda una historia de corta-montañas. Era una época muy curiosa aquélla, con sus locomotoras jadeantes, sus vagones que ensuciaban, sus curiosas caritas y sus coches de caballos. ¿Supongo que usted no lee libros?

—¡Seguro que no! —dijo Mwres—: he estudiado en una escuela moderna y en ella no he aprendido ninguna de esas necedades añejas. Los fonógrafos me bastan.

—¡Naturalmente! —dijo el hipnotista, y echó una ojeada, a la mesa para escoger un nuevo manjar—. En esos tiempos —añadió, sirviéndose una mezcla de color azul obscuro y aspecto apetitoso—; en esos tiempos se pensaba poco en nuestra ciencia. Creo hasta que si alguien hubiera dicho que antes de doscientos años habría una clase entera de hombres exclusivamente ocupada en imprimir cosas en la memoria, en borrar las ideas desagradables, en dominar y apagar los impulsos instintivos pero enojosos, por medio del hipnotismo, todo el mundo se habría negado a creerlo, Pocas personas sabían que una orden dada en el sueño hipnótico, aun cuando fuera una orden de olvidar o de desear, pudiera ser formulada de manera que fuera obedecida después del sueño.

Sin embargo, entonces existían personas que habrían podido afirmar que era tan cierto que llegaría a suceder la cosa, como el paso de Venus.

—¿Conocían el hipnotismo en aquellos tiempos?

—¡Oh, sí seguramente! ¡Se servían dé él para extraer los dientes sin dolor y para otros usos por el estilo!… ¡Cáspita! ¡Qué buena es esta mixtura azul! ¿Qué es?

—No tengo la menor idea —dijo Mwres— pero confieso que es excelente. Tome usted un poco más.

El hipnotista repitió sus elogios y luego siguió una pausa apreciativa.

—Con relación a esas novelas históricas —dijo Mwres procurando aparentar cierta despreocupación—, desearía hablar a usted… ¡hum!… de la cosa que… ¡hum!… tenia… en el espíritu… cuando preguntó por usted… cuando expresé el deseo de ver a usted.

Se detuvo y respiró ruidosamente. El hipnotista le dirigió una mirada atenta y siguió comiendo.

—El hecho es —dijo Mwres—, que tengo una… ¡una hija! Pues bien, usted sabe que le he dado… ¡hum!… todas las ventajas de la educación. Cursos, no por un profesor capaz y único, sino que también ha tenido un teléfono directo para la danza, las maneras, la conversación, la filosofía, la crítica de arte…

Indicó con un ademán, una cultura universal.

—Tenía la intención de casarla con un buen amigo mío, Bindon, de la comisión de alumbrado, un hombre muy sencillo, que no siempre tiene maneras agradables, pero verdaderamente es un buen muchacho… un excelente muchacho.

—Bien, siga usted —dijo el hipnotista—. ¿Qué edad tiene la joven?

—Dieciocho años.

—Edad peligrosa.

—Pues bien, parece que se ha dejado… influir por esas novelas históricas… de una manera excesiva… sí, de una manera excesiva; hasta el punto de descuidar su filosofía. Se ha llenado el espíritu de insípidas tonterías a propósito de soldados que se baten… no sé qué son… ¿etruscos? Egipcios.

—Egipcios probablemente. Cortan y hieren sin cesar con espadas, revólveres y cosas… sangre por todas partes… horrible y también hay jóvenes en torpederas que saltan… españoles supongo… y toda clase de aventureros. Se la ha puesto en la cabeza casarse por amor y el pobre Bindon…

—He visto casos semejantes —dijo, el hipnotista—. ¿Quién es el otro joven?

Mwres conservó una apariencia de calma resignada.

—Puede usted preguntarlo —y bajó la voz como avergonzado— es un simple empleado de la plataforma donde descienden las máquinas volantes que vienen de París. Tiene buena catadura, como dicen en las novelas… es joven y muy excéntrico. Afecta lo antiguo… ¡sabe leer y escribir!… Ella también… y en vez de comunicarse por el teléfono, como hace la gente sensata, se escriben y cambian… ¿cómo se llama eso?

—Esquelas.

—No, no son esquelas… ¡Ah!… ¡poemas!

El hipnotista, sorprendido, alzó los ojos. ¿Cómo lo conoció?

—Tropezó al bajar de la máquina volante de París y cayó en los brazos del joven. El daño sobrevino en un instante.

—¿De veras?

—Sí, ya lo sabe usted todo. Es necesario poner remedio. Para eso he venido a consultar a usted. ¿Qué se debe hacer? ¿Qué se puede hacer? No soy hipnotista; mi ciencia no va lejos… ¡pero usted!…

—El hipnotismo no es magia —dijo el hombre vestido de verde, colocando los codos en la mesa.

—¡Oh! precisamente… pero sin embargo…

—No se puede hipnotizar a las personas sin su consentimiento. Si la joven es capaz de resistirse al proyecto de matrimonio con Bindon, probablemente no consentirá en dejarse hipnotizar. Pero si llega a ser hipnotizada, aunque sea por otro, la cosa está hecha.

—¿Usted podría?…

—¡Oh! seguramente. Tan pronto como la tengamos la sugeriremos que es necesario que se case con Bindon, que ese es su destino, o si no, que el joven a quien ama es repugnante; que, cuando ella le vea debe sentir náuseas y vértigo o cualquier otra cosa por el estilo… o si podemos sumergirla en un sueño suficientemente profundo, sugerirle que lo olvide por completo.

—Precisamente.

—Pero la cuestión es hipnotizarla. Naturalmente, ninguna proposición o seducción de, ese género debe prevenir de usted, porque, sin duda, ella debe desconfiar.

El hipnotista posó la cabeza en sus manos y se puso a reflexionar.

—Es duro para un hombre no poder disponer de su hija —dijo Mwres intempestivamente.

—Es necesario que usted me dé el nombre y la dirección de la joven —dijo el hipnotista—, con todos los detalles que conciernen al caso, y entre paréntesis, ¿hay algún dinero en el asunto? Mwres titubeó.

—Hay una suma… una suma considerable puesta en la Sociedad de las Vías Privilegiadas la fortuna de su madre.

Esto es lo exasperante del caso.

—Perfectamente —dijo el hipnotista, y se puso a interrogar a Mwres. El interrogatorio fue largo.

Mientras tanto, Elizabeth Mwres, como ortografiaba ella su nombre, o Elisabeth Morris, como lo habría escrito una persona del siglo XIX, estaba sentada en una tranquila sala de espera, bajo la gran plataforma donde descendía la máquina volante de París. Al lado de la joven estaba su enamorado esbelto y agraciado, leyéndole el poema que había escrito aquella mañana, mientras se hallaba de servicio en la plataforma. Cuando terminó la lectura, permanecieron un instante silenciosos; luego, como si hubiera sido para su diversión especial, apareció en el cielo la gran máquina que llegaba de América a todo andar.

Al principio no era más que un pequeño objeto oblongo, confuso y azul a la distancia, entre las nubes coposas, luego creció rápidamente, más vasto y más blanco, hasta que pudieron ver las hileras de velas separadas, de un centenar de pies de ancho cada una, y el frágil marco, que soportaban, y por fin hasta los asientos movibles de los pasajeros como líneas punteadas. Aunque la máquina descendía, a ellos les parecía que subía al cielo, y abajo, sobre la extensión de los techos de la ciudad, su sombra los envolvía rápidamente.

Oyeron el silbido del aire y los llamados de la sirena, estridentes y vibrantes, para anunciar su llegada a los empleados de la plataforma, de recalada. Bruscamente, la nota bajó un par de octavas y la máquina desapareció; el cielo estaba claro y libre, y la joven volvió sus ojos hacia Denton, quien estaba sentado a su lado.

Rompieron el silencio, y Denton, hablando una especie de idioma entrecortado que era, según parece, posesión particular de ellos, aunque desde que el mundo es mundo todos los amantes hayan hablado esa lengua, Denton le dijo que un buen día ellos también tomarían el vuelo para dirigirse hacia una ciudad maravillosa que él conocía en el Japón, a medio camino alrededor del mundo.

A ella le gustaba la idea, pero el esfuerzo la atemorizaba; oponía un perpetuo: «Ya veremos, amigo mío, ya veremos» a todas sus instancias para que fuese muy pronto. Hubo un conflicto estridente de silbatos y el joven tuvo que volver a su servicio en la plataforma: se separaron como se han separado siempre los enamorados desde miles de años atrás.

Ella siguió por un pasaje hasta un ascensor y llegó así a una de las calles de Londres de esa época, toda cubierta de vidrios gruesos con plataformas movibles que iban continuamente a todos los barrios de la ciudad. Por una de aquellas plataformas regresó a su departamento, en el Hotel de las Mujeres, donde habitaba y que estaba en comunicación telefónica con todos los mejores profesores del mundo. Pero llevaba en su corazón todo el sol que los había bañado de luz, a ella, y a Denton, y a esa claridad la sabiduría de los mejores profesores del mundo parecía locura, Elisabeth pasó una parte de la tarde en el gimnasio y comió con otras dos jóvenes y su chaperón común, pues todavía se acostumbraba tener chaperones para las jóvenes de las clases elevadas que habían perdido a su madre. El chaperón tenía ese día una visita, un hombre vestido de verde y de amarillo, que hablaba de una manera asombrosa. Entre otras cosas hizo el elogio de una nueva novela histórica, que uno de los grandes narradores populares acababa de publicar. El tema, naturalmente, había sido tomado de la época de la reina Victoria, y el autor, entre agradables innovaciones había colocado un pequeño argumento antes de cada sección de su historia, imitando los títulos de capítulos de los libros del tiempo antiguo; por ejemplo: «De cómo los cocheros de Pimlico detuvieron el ómnibus de Victoria, y del gran pugilato que siguió en el patio del Palacio», o bien: «De cómo el guardia de Piccadilly fue víctima de su deber». El hombre verde y amarillo no cesaba de hacer elogios.

—Esas frases enérgicas —decía— son admirables. Hacen ver de una ojeada esas épocas tumultuosas y frenéticas, en que, los hombres y los animales se codeaban en las calles sucias donde la muerte lo esperaba a uno a cada vuelta. ¡La vida era la vida, entonces! ¡Qué grande debía parecer el mundo!

¡Qué maravilloso! Había entonces partes del globo absolutamente inexploradas; hoy, casi hemos anulado el asombro, llevamos una existencia tan ordenada que el valor, la paciencia, la fe, todas las nobles virtudes parece que desaparecieran de la tierra.

Continuó en ese tono cautivando los pensamientos de la joven, de tal modo que la vida que llevaban, la vida del siglo XXII, en Londres vasto e inextricable, vida entremezclada de vuelos hacia todos los puntos del globo, le parecía una monótona miseria al lado de ese dédalo del pasado.

Al principio Elisabeth no tomó parte en la conversación; sin embargo, al cabo de un rato el tema se hizo tan interesante, que emitió algunas tímidas observaciones. Pero él apenas pareció fijarse en ella y prosiguió describiendo un nuevo método para divertir a la gente. Se hacía uno hipnotizar y entonces le sugestionaban A uno de tal modo que era lo más fácil figurarse que se vivía en los tiempos antiguos. Se podía actuar en pequeñas novelas del pasado tan claramente como si fuese la realidad, y cuando al fin uno se despertaba, recordaba todo lo que uno se imaginaba haber experimentado como si hubiese sido real.

—Es una cosa que hemos buscado desde hace años y años —decía el hipnotista—. Prácticamente, es un sueño artificial y al fin hemos encontrado el medio de producirlo. Piensen ustedes en todo lo que eso nos permite. ¡Nuestra experiencia enriquecida, las aventuras posibles de nuevo, un refugio que se ofrece contra esta vida sórdida y difícil! ¡Imagínense ustedes!

—¡Y usted puede hacer eso! —dijo con curiosidad la chaperón.

—Al fin la cosa es posible —respondió el hipnotista.

—Pueden ustedes pedir un sueño a su gusto.

La chaperón fue la primera en hacerse hipnotizar, y al despertar declaró que había tenido un sueño maravilloso.

Las dos jóvenes animadas por su entusiasmo se abandonaron también entro las manos del hipnotista para hacer una excursión por el romántico pasado. Nadie obligó a Elisabeth a ensayar esa nueva distracción y al fin por su propio deseo fue llevada a ese país de los sueños, donde no hay libertad de elección ni voluntad…

Así fue hecho el mal.

Un día, Denton bajó a la pequeña sala tranquila bajo la plataforma de las máquinas volantes y Elisabeth no estaba en su lugar habitual. Se sintió contrariado y algo enojado. Al día siguiente su amada no vino, ni al otro tampoco. Tuvo miedo; para poder disimular sus propios temores se puso con ardor a componer sonetos para cuando volviese…

Durante tres días por medio de esta distracción, luchó contra su aprensión, luego la verdad se le presentó, fría y clara, sin duda posible. Podía estar enferma, pero no quería creer que le hubiese engañado. Entonces pasó una semana de penas; comprendió que ella era el único bien en la tierra, digno de la posesión, y que necesitaba buscarla hasta que la hubiese encontrado, por más desesperada que fuese la pesquisa.

Tenía algunos recursos personales, lo que le permitió abandonar su empleo para buscar a la joven que se había hecho para él más preciosa que el mundo.

No sabía dónde vivía e ignoraba todo lo que se relacionaba con ella, pues la joven había exigido para aumentar el encanto de su romántico amor, que, él no conociese nada de ella… nada de su diferencia de situación. Las calles de la ciudad se abrían delante de él, al Este y al Oeste, al Norte y al Sur. En la época de la reina Victoria, Londres, pequeña ciudad de cuatro pobres millones de habitantes, era ya un laberinto, pero el Londres que Denton iba a explorar, el Londres del siglo XXII, era una ciudad de treinta millones de almas. Al principio fue enérgico e infatigable, tomaba apenas el tiempo necesario para comer y beber. Buscó duramente semanas y meses, pasando por todas las fases imaginables de la fatiga y de la desesperación de la sobrexcitación y de la cólera. Mucho tiempo después de que todas sus esperanzas hubieran muerto, por la simple inercia de su deseo, vagaba todavía de un lado a otro, examinando las caras, mirando a derecha e izquierda en las calles, los ascensores y los pasadizos incesantemente animados por el movimiento de esa gigantesca columna humana. Por fin, el azar se compadeció de él y le permitió verla.

Era un día de fiesta. Tenía hambre, y habla pagado el derecho de entrada única para penetrar en uno de los inmensos refectorios, de la ciudad. Se abría paso por entre las mesas y examinaba por la sola fuerza de la costumbre cada grupo junto al cual pasaba. De repente, se detuvo estupefacto, con los ojos fijos y la boca abierta, sin fuerzas para avanzar. Elisabeth estaba sentada apenas a veinte metros de él, mirándole de frente a la cara, con unos ojos tan duros, tan exentos de expresión como los de una estatua, unos ojos que parecían no reconocerle: lo miró así un momento, y su mirada pasó luego a otra cosa.

Si Denton no hubiera tenido sus ojos para convencerle, habría podido dudar de que fuera realmente Elisabeth.

Pero la reconoció en el ademán, en la gracia de un pequeño rizo rebelde que se balanceaba sobre la oreja cuando la cabeza se movía. Alguien le habló, y ella se dio vuelta, con una sonrisa indulgente hacia el hombre que estaba cerca de ella, un hombrecillo ridículamente vestido, erizada la cabeza de cuernos neumáticos, como un raro reptil: el Bindon escogido por su padre.

Durante un momento se quedó Denton inmóvil, pálido y con la vista extraviada: en seguida presa de una debilidad, se sentó delante dé una de las mesitas. Daba las espaldas a Elisabeth, y por un largo rato, no se atrevió a mirarla. Por fin, tuvo el valor de hacerlo, y la vio de pie, lista para partir con Bindon y otras dos personas: éstas eran su padre y la chaperón. Él se quedó en su sitio como incapaz de hacer nada hasta que las cuatro personas estuvieron lejos y apenas se les veía: entonces se levantó, poseído por la idea única de seguirlos. Durante un rato temió haberlos perdido, pero en una de las calles de plataformas móviles que recorrían la ciudad, cayó de nuevo sobre Elisabeth y su chaperón: Bindon y Mwres habían desaparecido.

Ya no le fue posible conservar por más tiempo la paciencia.

Sentía el deseo irresistible de hablar a Elisabeth o de morir. Se dirigió vivamente al lugar en que estaban sentadas y se sentó junto a las dos. Su cara pálida estaba convulsionada por su sobreexcitación nerviosa.

Posó su mano sobre la de la joven.

—¡Elisabeth! —dijo.

Ella se volvió con un asombro sincero y su rostro no indicaba más que su temor por ese desconocido.

—¡Elisabeth! —gritó, y su voz le pareció a él mismo extraña.

—¡Mi muy amada!… ¿Me reconoce usted?

El rostro de Elisabeth no dejó ver otra cosa que un poco de alarma y de perplejidad.

La joven se apartó de él. La chaperón, una mujercita de cabellos grises y facciones móviles, se inclinó hacia adelante para intervenir. Sus ojos claros y resueltos examinaron a Denton.

—¿Qué quiere usted? —le preguntó.

—Esta señorita… ¡me conoce! —afirmó Denton.

—¿Le conoce usted, querida?

—¡No! —dijo Elisabeth con voz extraña, llevándose la mano a la frente y hablando como quien repite una lección.

—¡No! ¡No le conozco! Sé que no le conozco.

—¡Cómo!… ¡Cómo!… ¡No me conoce usted! ¡Soy yo! ¡Denton, Denton! … Con quien iba usted a conversar… ¿No se acuerda usted ya… La plataforma de las máquinas voladoras, el banco… al aire libre los versos…?

—¡No! —replicó Elisabeth—. ¡No! ¡No lo conozco! ¡No lo conozco!… Algo hay… pero ya no lo sé… Todo lo que sé es que no lo conozco.

Sus facciones expresaban un desconsuelo infinito. Los vivos ojos de la chaperón iban de la joven al joven.

—Ya ve usted —dijo, con una sombra de sonrisa—. No le conoce a usted.

—¡No le conozco a usted! —repitió Elisabeth—. Estoy segura de ello.

—Pero, mi amada… los sonetos… los pequeños poemas…

—No le conoce a usted —insistió la chaperón.

—No se empeñe usted… ¡Está usted engañado!… No continúe usted hablándonos… Desista usted de molestar a la gente en la vía pública.

—Pero —dijo Denton, y su rostro desconsolado y lívido pareció un momento apelar contra el destino.

—No hay que persistir, joven, —protestó la chaperón.

—¡Elisabeth! —gritó él.

El rostro de la joven expresaba tormentos intolerables.

—¡No le conozco a usted! —exclamó, con la mano en la frente—. ¡Oh! ¡Pero no le conozco a usted!

Denton se desplomó en su asiento, aturdido… Después se enderezó y exhaló un gemido. Hizo un extraño ademán de llamamiento hacia el techo de vidrio de la vía pública, luego se dio vuelta y pasó con saltos febriles de una plataforma móvil a otra, y desapareció entre el hormigueo de los transeúntes. La chaperón le siguió con los ojos, después de lo cual afrentó atrevidamente las miradas de los curiosos que las rodeaban.

—Querida mía —preguntó Elisabeth retorciéndose las manos y demasiado profundamente conmovida para hacer caso de los que la observaban—. ¿Quién es ese hombre?… ¿Quién es ese hombre?…

La chaperón abrió los ojos desmesuradamente y contestó con voz clara y de manera que la oyeran todos:

—Algún pobre ser medio idiota, ¡esta es la primera vez que lo veo!

—¿Nunca le hemos visto antes?

—Nunca, querida mía: no se atormente usted la imaginación por tan poco.

Algún tiempo después de esto, el célebre hipnotista, en el momento en que se vestía de verde y amarillo, recibió una visita. El nuevo parroquiano, un joven, atravesó la sala de consultas, pálido y con las facciones desencajadas.

—¡Quiero olvidar! —gritaba—. Necesito olvidar.

El hipnotista lo observó con mirada tranquila, estudiando su cara, su vestir y sus ademanes.

—Olvidar algo, placer o pena, es disminuirse en igual proporción; pero ese es asunto de usted. Nuestros honorarios son elevados.

—Con tal de que me fuera posible olvidar…

—A usted le será fácil, puesto que lo desea. He conseguido curaciones más difíciles. No hace aún mucho… he tenido un caso en que no esperaba un resultado tan bueno. La cosa se hizo contra la voluntad de la persona hipnotizada… Un asunto de amor también, como el de usted…

—Una joven… Pero no se asuste usted.

El joven fue a sentarse cerca del hipnotista. Sus ademanes revelaban que su calma era forzada. Fijó los ojos en los del operador.

—Es necesario que le diga a usted… Naturalmente, conviene que usted sepa de quién se trata. Es una joven llamada Elisabeth Mwres. ¿Qué hay?…

Se calló porque en las facciones del hipnotista había observado una repentina sorpresa.

En el mismo instante comprendió. Levantándose y dominando al personaje sentado a su lado y que estaba vestido de verde y oro, lo tomó del hombro.

Durante un momento no pudo encontrar las palabras.

—¡Devuélvamela usted! ¡Devuélvamela usted!

—¿Qué quiere usted decir? —balbuceó el hipnotista.

—¡Devuélvamela usted!

—Que le devuelva… ¿a quién?…

A Elisaheth Mwres… la joven…

El hipnotista trató de desasirse, pero la mano de Denton le oprimía con mayor fuerza.

—¡Suélteme usted! —gritó el hipnotista, lanzando su puño contra el pecho de Denton.

En el mismo instante, los dos hombres se enlazaron en una torpe lucha. — Ni el uno ni el otro estaban ejercitados, porque el atletismo, salvo cuando se le preparaba como espectáculo y como ocasión para apuestas, había desaparecido de la tierra. Sin embargo, Denton era no solamente el más joven sino también el más fuerte de los dos. Se empujaron el uno al otro a través de la habitación, después el hipnotista cedió bajo el peso de su antagonista, y los dos cayeron…

De un salto, Denton se puso en pie, espantado de su furia.

Pero el hipnotista quedaba tendido en tierra, y de repente, de una pequeña señal blanca que le había hecho en la frente el ángulo de un taburete, brotó un hilo de sangre. Un momento se quedó Denton inclinado sobre él, irresoluto y tembloroso. Un temor de las consecuencias posibles entró en su espíritu de educación tranquila. Se volvió hacia la puerta.

—¡No! —dijo en voz alta, y regresó al centro de la habitación.

Dominando la instintiva repugnancia del que, en toda su vida, no ha sido testigo de un acto de violencia, se arrodilló al lado de su antagonista para escuchar si el corazón latía, y después examinó la herida. Se volvió a poner en pie, sin hacer ruido, y paseando la vista en torno suyo, empezó a ver la situación bajo mejores auspicios.

Al recuperar el sentido, el hipnotista se encontró con la espalda apoyada en las rodillas de Denton, el cual le pasaba por el rostro una esponja mojada, y el pobre hombre sentía violentos dolores de cabeza. Sin decir una palabra, indicó con un ademán, que en su opinión ya se le había mojado bastante.

—Déjeme usted levantarme.

—Todavía no —dijo Denton.

—¡Usted me ha atacado, bribón!

—Estamos solos —dijo Denton— y la puerta bien cerrada.

A esto siguió un momento de reflexión.

—Si no me deja usted mojarle la frente —añadió Denton va usted a tener allí un chichón enorme.

—Siga usted mojándome contestó el hipnotista, en tono gruñón.

Hubo otra pausa.

—Se creería uno en la edad de piedra —declaró el hipnotista.

—¡Violencias!… ¡Una lucha! …

—En la edad de piedra —dijo Denton— nadie se habría atrevido a interponerse entre un hombre y una mujer.

El hipnotista reflexionó de nuevo.

—¿Qué tiene usted la intención de hacer? —preguntó.

—Mientras estaba usted desmayado, he encontrado en sus tabletas la dirección de la joven. Hasta ahora lo ignoraba. He telefoneado, y en breve estará aquí.

—Entonces… Vendrá con su chaperón…

—Lo que será excelente.

—Pero ¿qué?… No veo bien… ¿Qué quiere usted hacer?

—He buscado un arma. Es admirable cuán pocas armas hay en nuestros días, si se piensa que en la edad de piedra los hombres no poseían casi nada más que armas. Por fin, he encontrado esta lámpara. Le he arrancado los hilos conductores y los accesorios, y la tengo así…

Y la blandió por sobre los hombros del hipnotista.

—Con esta maza puedo fácilmente abrirle a usted el cráneo, y lo haré… a no ser que consienta usted en lo que voy a pedirle.

—La violencia no es un remedio —dijo el hipnotista, tomando su cita del Libro de las máximas morales del hombre.

—Es una enfermedad desagradable —dijo Denton.

—¿Qué debo hacer?

—Dirá usted a esa señora chaperón que va usted a ordenar a la joven que se case con ese animalucho contrahecho, de cabellos rojos y ojos de zorro. ¿Supongo que las cosas están en ese estado?

—Sí; en ese estado se hallan.

—Y fingiendo hacer eso, la devolverá a usted los recuerdos de mi persona.

—Eso no es de mi profesión.

—Escuche usted bien. Preferiría morir a no poseer a esa joven, y no tengo la intención de respetar las pequeñas fantasías de usted: si todo no va en línea recta, no vivirá usted cinco minutos más. Tengo aquí un rudo remedo de arma que puede, de manera muy concebible, ser suficientemente peligrosa para matarle a usted. Y así lo haré. Bien sé que es una cosa insólita en nuestros días el proceder así… sobre todo, porque hay tan pocas cosas en la vida que merezcan que uno cometa violencias por ellas.

—La chaperón de la joven lo verá a usted al entrar.

—Me ocultaré en este rincón, detrás de usted.

El hipnotista reflexionó.

—Es usted un joven muy resuelto —dijo— y civilizado sólo a medias. Yo he procurado cumplir mi deber para con mi parroquiano, pero en este asunto parece probable que usted alcanzará los fines que persigue…

—Entonces ¿obrará usted francamente?

—¡Pardiez! No quiero correr el riesgo de que me rompa usted la cabeza por una cosa tan insignificante como esta.

—¿Y después?

—Nada hay que un hipnotista o un médico deteste tanto como el escándalo. Yo, por lo menos, no soy un salvaje. Ciertamente, estoy muy contrariado… pero dentro de un día o dos ya no le tendrá rencor a usted…

—Muchas gracias. Ahora que nos entendemos, no veo la necesidad de dejarle a usted por más tiempo en el suelo.

II

En pleno campo.

El mundo, se dice generalmente, ha cambiado más entre los años 1800 y 1900 que en los quinientos años anteriores.

El siglo XIX fue el alba de Una nueva época en la historia de la humanidad: la época de las grandes ciudades, el fin de la vida esparcida en los campos.

En los comienzos del siglo XIX, la mayoría, según un orden de cosas que había existido desde los hombres, vivía aún en el suelo productor desde hacía innumerables generaciones.

En todo el mundo vivía la gente entonces en pequeñas ciudades o en aldeas, trabajando cada cual directamente en las labores agrícolas o entregado a ocupaciones dependientes de ellas. Se viajaba poco, y la gente se limitaba, a las faenas ordinarias, porque todavía no se habían hallado los medios rápidos de transporte. Las raras personas que salían de su pueblo iban, ya a pie, ya en lentos buques de vela, o si no en caballos de paso corto, incapaces de hacer más de cien kilómetros por día. ¡Imaginaos! ¡Cien kilómetros por día!

Aquí y allá, en esa época apática, una ciudad llegaba a ser un poco más grande —que sus vecinas, como puerto o como centro de gobierno; pero todas las ciudades del mundo que tenían más de cien mil habitantes podían ser contadas con los dedos de la mano. Esto es, por lo menos, lo que existía al principio del siglo XIX. Por fin, el invento de los ferrocarriles, de los telégrafos, de los barcos de vapor, y de una compleja maquinaria agrícola, había cambiado todo eso, lo había cambiado hasta más allá de todas las esperanzas. Las tiendas de comercio inmensas, los placeres variados, las comodidades innumerables de las grandes villas nacieron de repente, y apenas existieron las grandes ciudades entraron en competencia con los recursos rústicos de los centros rurales.

La humanidad se sintió atraída a las ciudades por un irresistible poder. La demanda de la mano de obra disminuyó con el crecimiento de las maquinarias. Los mercados locales fueron enteramente abandonados y los grandes centros se desarrollaron rápidamente a costa de los campos.

El flujo de las poblaciones en dirección a las ciudades fue la constante preocupación de los pensadores y de los escritores del siglo XIX. En Europa y en Australia, en la China y en las Indias, se produjo el mismo fenómeno: en todas partes, algunas ciudades, que crecían incesantemente, reemplazaba de manera visible el antiguo orden de cosas.

Sólo algunos se daban cuenta de que ese era el inevitable resultado de perfeccionamiento y de la multiplicación de los medios de transporte, e imaginaban los proyectos más pueriles para contrarrestar el misterioso magnetismo de los centros urbanos e incitar a los campesinos a permanecer en los campos.

Sin embargo, los desarrollos del siglo XIX no eran más que el alba de un nuevo orden de cosas —Las primeras grandes ciudades de los tiempos nuevos fueron horriblemente incómodas, ensombrecidas por brumas hermosas, eran malsanas y ruidosas; pero el descubrimiento de nuevos métodos de construcción y de calefacción cambió todo eso—. Del año 1900 al 2000, la evolución fue todavía más rápida, y del 2000 al 2100, el progreso continuamente acelerado de los inventos humanos hizo que al último se contemplara el siglo XIX como la visión increíble de una época idílica y tranquila.

El establecimiento de los ferrocarriles no fue más que el primer paso en el desarrollo de esos medios de comunicación que, finalmente, revolucionaron la vida humana. Hacia el año 2000, los ferrocarriles y los caminos habían desaparecido completamente. Los ferrocarriles, despojados de todos sus rieles, se habían convertido en taludes y en fosos herbosos en la superficie del mundo; los viejos caminos, ya tan extraños, y las vías bárbaras, formadas de guijarros y de tierra, endurecidas mediante un trabajo manual o aplastadas por grandes rodillos de hierro, sembradas de inmundicias diversas, rotas por los cascos herrados de las bestias y las ruedas de los vehículos, que hablan formado huecos y charcos a menudo profundos, habían sido reemplazadas por otros caminos patentados, hechos con una substancia llamada eadhamita. Esta eadhamita, llamada así por el nombre de su inventor, ocupa un lugar, con el invento de la imprenta y la utilización del vapor, entre los descubrimientos que señalaron etapas en la historia del mundo.

Cuando Eadham inventó esta substancia, creyó probablemente haber encontrado una materia que reemplazaría simplemente al caucho: costaba apenas algunos pesos la tonelada. Pero nunca se llegará a prever hasta dónde puede ir un invento. Gracias al genio de un hombre apellidado Chautemps se vio la posibilidad de utilizarlo, no solamente para llantas de ruedas, sino para revestir con él los caminos, y así se organizó la vasta red de vías públicas que cubrió rápidamente el mundo.

Esas vías públicas estaban establecidas con divisiones longitudinales. Las fajas exteriores de cada lado, una en cada dirección, estaban reservadas para las bicicletas y otros medios de transporte de velocidad menor de cuarenta kilómetros por hora. Contiguas a las precedentes, otras dos fajas estaban destinadas a los motores capaces de una velocidad de 40 a 150 kilómetros. Y Chautemps, desafiando el ridículo, había hecho establecer dos fajas centrales para los vehículos que debían viajar con velocidades superiores a 150 kilómetros.

Durante diez años, esas vías centrales estuvieron desiertas; pero antes de la muerte de Chautemps eran las más frecuentadas, y unos cuadros vastos y ligeros, provistos de ruedas de veinte y treinta pies de diámetro, las recorrían con velocidades que, de año en año, se elevaron hasta 300 kilómetros por hora.

Al mismo tiempo que se efectuaba esta revolución, una metamorfosis paralela había transformado las ciudades siempre crecientes. Con el desarrollo de la ciencia práctica, las nieblas y los fangos del siglo XIX habían desaparecido.

Como la calefacción eléctrica había reemplazado a los fuegos, en el año 2013 un hogar que no hubiera consumido enteramente su propio humo, era una incomodidad pública a la cual se imponía penas correccionales. Todas las calles de las ciudades, los parques y plazas públicas habían sido recubiertos de techos guarnecidos de una substancia recientemente inventada, y prácticamente, de esta manera, todas las calles de Londres se hallaban abrigadas. Ciertas leyes estúpidas y restrictivas, que prohibían edificar más allá de una cierta altura, habían sido abolidas. Y Londres, en vez de ser un conjunto de casas vagamente arcaicas, subió firmemente hacia el cielo. A la responsabilidad municipal por el agua, la luz y los desagües, se agregó otra la de la ventilación.

Pero para contar todos los cambios que esos doscientos años introdujeran en las comodidades humanas; para relatar la invención, tan largo tiempo prevista, del arte de volar; para describir la manera cómo la vida de las casas particulares fue poco a poco suplantada por la existencia común en interminables hoteles; cómo, por fin, hasta los que se entregaban a trabajos agrícolas fueron a vivir en las ciudades de donde salían todos los días a ejecutar su labor; para describir cómo en toda Inglaterra no quedaron más que cuatro ciudades pobladas cada una de millones de habitantes; para decir que no quedó ninguna casa habitada en toda la extensión de los campos, nos veríamos arrastrados bien lejos de la aventura de Denton y de su Elisabeth.

Los dos jóvenes, después de haber estado separados, estaban ahora reunidos, y, sin embargo, todavía no podían casarse porque Denton, y la culpa era suya, no tenía dinero y Elisabeth no debía tenerlo sino cuando fuera mayor de edad y apenas estaba en los dieciocho años. Conforme a la costumbre de la época, toda la fortuna de su madre iría a sus manos cuando cumpliera veintiún años. Ignoraba que había medios de obtener anticipos sobre su haber, y Denton era un enamorado por demás delicado para sugerirle que se sirviera de esos medios. Y las cosas estaban desesperadamente en ese estado para ellos. Elisabeth declaraba que era muy desgraciada y que nadie, a no ser Denton, la comprendía, razón por la cual era digna de la mayor lástima cuando se hallaba lejos de él; Denton, por su parte, decía que su corazón suspiraba por ella día y noche, y, por lo tanto, se encontraban tan a menudo como podían para deleitarse en el relato de sus sufrimientos.

Un día se reunieron en la sala de espera de la plataforma de las máquinas volantes. El punto preciso de esta entrevista habría sido, en la época de Victoria, a quinientos pies sobre el sitio en que el camino de Wimbledon desemboca en el common. Su vista se extendía a lo lejos por encima de Londres.

Sería difícil describir a un lector del siglo XIX el aspecto de lo que tenían ante sus ojos. Habría que decirle que pensara en el Palacio de Cristal, en los hoteles mammuth (como se llamaba entonces a esas pequeñas casas), recientemente edificados, en las más vastas estaciones de ferrocarril de su época, el imaginarse todos esos edificios agrandados en proporciones inmensas y comunicándose de manera continua sobre toda la extensión metropolitana. Si se le hubiera dicho entonces que ese interminable espacio, ese techo continuo, estaba provisto de innumerables bosques, de ventiladores que daban vueltas, habría concluido por figurarse vagamente lo que, para los dos jóvenes, era una vista de las más ordinarias.

La enorme ciudad tenía para ellos algo de prisión, lo que hacía que conversaran, como lo habían hecho ya cien veces, de la manera cómo podrían escaparse para encontrar en fin juntos la felicidad: ¡escaparse de esa prisión! es decir, vivir felices antes de que transcurrieran los tres años fijados. De común acuerdo, ambos declaraban que era absolutamente imposible y casi culpable esperar tres años.

—Antes de esa fecha —decía Denton, y el tono de su voz indicaba un sólido pecho—, antes de esa fecha vamos morir uno u otro.

A estas palabras, sus jóvenes manos vigorosas se estrechaban, y un pensamiento aún más doloroso hacía brotar de los ojos claros de Elisabeth lágrimas que descendían por sus mejillas.

—¡Uno de los dos! —decía—: ¡Uno de los dos podría! …

Un sollozo le oprimió la garganta: le era imposible pronunciar la palabra tan terrible para los jóvenes y los felices.

Sin embargo, casarse y ser pobre era, en las ciudades de esos tiempos, una cosa terrible para cualquier persona que hubiera sido educada en medio de las comodidades. En los tiempos benditos de la, agricultura, que habían terminado en el siglo XVIII, era muy lindo hablar del amor en una choza, y, a decir verdad, la gente de los campos vivía en esa época en casuchas de paja y de yeso, con vidrios minúsculos, rodeadas de flores y al aire libre, en medio de los vallados entretejidos en los que cantaban los pájaros, y tenían sobre la cabeza el cielo siempre variable. Pero todo eso había desaparecido; la transformación había comenzado ya en el siglo XIX, y un nuevo género de vida se había ofrecido a los pobres en los barrios inferiores de la ciudad.

En el siglo XIX, los barrios bajos se extendían aún bajo el cielo: estaban relegados en porciones de suelo lleno de barro o por cualquier otra causa inutilizables, expuestos a las inundaciones o al humo de los distritos más afortunados, insuficientemente alimentados de agua y tan insalubres como lo permitía el temor que las clases ricas tenían de las enfermedades infecciosas.

Sin embargo, en el siglo XXII un arreglo diferente se había hecho necesario por el crecimiento de la ciudad que aumentaba sus pisos y reunía más y más los edificios entre ellos. Las clases prósperas vivían en una vasta serie de hoteles suntuosos situados en los pisos y halls superiores del sistema de construcciones de la ciudad. La población industrial habitaba los subsuelos y los espantosos pisos bajos.

Desde el punto de vista del refinamiento de la vida y de las costumbres, esas clases inferiores diferían poco de sus antepasadas, y, en lo que concierne a Londres, se parecían bastante al pueblo que vivía en el East-End en el tiempo de la reina Victoria; pero habían fabricado para su uso un dialecto distinto. Todos vivían y morían en esas profundidades, y no subían a la superficie sino cuando su labor los llamaba.

Como ese era, para la mayor parte de ellos, el género de vida para el cual habían nacido, no sufrían excesivamente en esa situación; mas para la gente de la clase de Denton y de Elisabeth, semejante miseria habría sido más terrible que la muerte.

—¿Qué podríamos hacer? —preguntaba Elisabeth.

Denton declaraba que él no lo sabía. Además de sus sentimientos delicados, no estaba seguro de que a Elisabeth le sedujera la idea de pedir prestado sobre sus esperanzas.

Hasta el precio del pasaje de Londres a París —decía Elisabeth—, estaba por encima de los recursos de que ambos disponían, y en París, como en cualquier otra ciudad del mundo, la vida sería tan dispendiosa e imposible como lo era en Londres.

—¡Si por fortuna podría haber exclamado Denton, si por fortuna hubiéramos vivido en aquellos tiempos! ¡Si por fortuna hubiéramos vivido en el pasado!

A sus ojos, aun el Whitechapel del siglo XIX aparecía a través de una bruma novelesca.

—¿De modo que no hay ningún medio? —exclamaba de repente Elisabeth —. ¿Tendremos por fuerza que esperar tres largos años? Fíjese usted bien: ¡tres años! ¡treinta y seis meses!

La dosis de paciencia de la especie humana no había aumentado con el tiempo. De improviso, Denton se decidió a hablar de un proyecto que le había pasado por la mente, y por último se había detenido en él. Sin embargo, el propósito le parecía tan fantástico, que no lo propuso seriamente sino a medias; pero el formular una idea con palabras tiene siempre por resultado el hacerla parecer más real y más posible que lo que lo era antes, y así sucedió a los dos jóvenes.

—Supongamos —dijo él— que nos fuéramos al campo.

Ella alzó los ojos hacia él para ver si tenía la cara seria al proponer semejante aventura.

—¡Al campo!

—Sí… lejos… allá… al otro lado de las colinas.

—¿Cómo podríamos vivir allá? —preguntó ella—, ¿y dónde?

—Eso no es imposible —contestó él—: en otro tiempo habla gente que vivía en el campo.

—Pero entonces había casas.

—Todavía hay ruinas de aldeas y de ciudades. En los terrenos barrosos, han desaparecido naturalmente; pero queda mucho de ellas en los terrenos de pastoreo, porque a la Compañía General de Alimentación no le convendría destruirlas. Yo sé eso… de manera cierta. Además, se las ve desde las máquinas volantes. ¡Pues bien! Podríamos abrigarnos en alguna de esas casas, y repararla con nuestras manos. Al fin y al cabo, la cosa no es tan irracional como lo parece. Pagaríamos a uno de los hombres que van allá todos los días a cuidar de los sembrados y de los ganados, para que nos llevara nuestra comida.

—¡Qué extraño sería eso si realmente se pudiera!… —dijo ella; colocándose delante de él.

—¿Por qué no?…

—Nadie osaría…

—Esa no es una razón.

—Eso sería… ¡oh! sería tan novelesco y extraño… ¡Con tal de que fuera posible!

—¿Por qué no habría de serlo?

—Hay tantas cosas… Piense usted en todas las cosas que necesitamos y que nos faltarían.

—¿Nos faltarían?… Bien mirada, la vida que llevamos es muy innatural, muy artificial.

Denton se puso a desarrollar su idea y a medida que se animaba, el lado fantástico de su proposición desaparecía.

Ella reflexionaba.

—Pero… he oído hablar de malhechores… de criminales escapados…

El joven hizo un ademán de asentimiento, titubeando en emitir su respuesta, Pues temía que ella la encontrara pueril.

Denton se ruborizó.

—Un conocido mío podría hacerme una espada.

Elisabeth le miró con ojos brillantes de había oído hablar de espadas y hasta había visto una en un museo, y pensó en los días antiguos en que los hombres llevaban generalmente espada. La idea sugerida por Denton le parecía un sueño imposible, y quizá por esta razón, le pidió ávidamente más amplios detalles.

Inventando a medida que hablaba, el joven le contó cómo podrían vivir en el campo como lo habían hecho hombres y mujeres en otros tiempos. A cada frase, el interés de la joven aumentaba, porque era de aquellas personas a quienes fascinan la novela y la aventura.

La proposición le pareció, ese día, una fantasía impracticable; pero al día siguiente volvieron a hablar del asunto y, por extraño que parezca el hecho la cosa parecía mucho menos irrealizable.

—Primeramente, podríamos llevar con nosotras nuestros alimentos —dijo Denton—. Llevaríamos lo necesario para diez o doce días.

En esa época, los alimentos consistían en extractos compactos y artificiales con volumen muy pequeño, y la provisión de que hablaban los dos jóvenes nada tenía de la enormidad que pudiera imaginarse alguien del siglo XIX.

—Pero… hasta que nuestra casa… —preguntó ella—; hasta que esté lista, ¿dónde dormiremos?

—Estamos en verano.

—Pero… ¿qué quiere usted decir?

—Hubo un tiempo en que no había casas en el mundo, en que la humanidad entera dormía al aire libre.

—¡Pero nosotros! ¡A campo raso! ¡Ni paredes… ni techo!…

—Querida mía —replicó él—, en Londres tiene usted muchos hermosos cielos rasos pintados por artistas e iluminados con profusión de luces; pero yo he visto uno más bello que todos los de Londres.

—¿Dónde?

—Es el cielo bajo el cual estaríamos solos los dos…

—¿Qué quiere usted decir?…

—Amada mía —dijo él—: es una cosa que el mundo ha olvidado, el cielo y toda la multitud de estrellas.

Cada vez que hablaban del proyecto, les parecía más y más posible y deseable. Al cabo de ocho o diez días ya fue enteramente natural. Una semana más, y tomarían el partido que debían tomar inevitablemente. Un gran entusiasmo por el campo se apoderó de ellos y los dominó. El tumulto sordo de la ciudad, decían, los abrumaba, y se asombraban de que no se les hubiera ocurrido antes ese medio sencillo de poner fin a sus penas.

—Una mañana, en los días de San Juan, hubo un nuevo empleado en la plataforma de las máquinas volantes. El puesto que Denton había ocupado por tanto tiempo no volvería a ocuparlo.

Nuestros dos jóvenes se habían casado en secreto y abandonaban atrevidamente la ciudad en que habían vivido sus antepasados y ellos hasta ese día. Elisabeth estaba vestida con un traje blanco nuevo y cortado conforme a una moda caduca; él llevaba a la espalda un atado de provisiones y tenía en la mano, con bastante timidez, aunque lo disimulara bajo su manto color de púrpura, un instrumento de forma arcaica, una cosa de acero templado con una empuñadura en forma de cruz.

Imaginaos aquel éxodo. En ese tiempo habían desaparecido ya los arrabales que en el siglo XIX exhibían sus malos caminos, sus mezquinas casas, sus ridículos jardincillos de arbustos, de geranios y de adornos fútiles y pretenciosos: los edificios orgullosos de la edad nueva, de las vías mecánicas, los conductos de agua y de electricidad, todo eso terminaba como una muralla, como un barranco de cerca de 4000 pies de alto, abrupto y brusco. En todo el derredor de la ciudad se extendían los campos de nabos, de zanahorias y de otras legumbres cultivadas por la Compañía General de la Alimentación, y que formaban la base de mil alimentos variados.

Las malas hierbas, los jarales, los espinos y los vallados habían sido completamente extirpados. Los incesantes gastos de limpieza del terreno que era necesario hacer de año en año en la cultura mezquina, ruinosa y bárbara de los antiguos días, habían sido economizados una vez por todas por la compañía, mediante procedimientos de exterminación.

De trecho en trecho, sin embargo, unas hileras rectas de manzanos y de espinos cultivados cortaban los campos, y, en ciertos lugares, gigantescos grupos de cardos alzaban sus espigas mejoradas. De trecho en trecho, enormes máquinas agrícolas se erguían extrañas de formas, cubiertas con telas impermeables. Las aguas de tres o cuatro ríos corrían mezcladas en dos canales rectangulares, y en todas partes donde la menor elevación de terreno lo permitía, un sistema de agotamiento de los desagües desinfectados distribuían sus beneficios a través de los terrenos cultivados, y esas cascadas formaban otros tantos arcoiris.

Por una gran arquería cortada en el muro de la enorme ciudad, salían las aguas eadhomitas en dirección a Portsmouth, y hormigueaban, bajo el sol matinal, con un tráfico enorme de vehículos, que transportaban a su trabajo a los obreros y empleados vestidos con el uniforme de la Compañía General de Alimentación: tráfico impetuoso en el cual los dos jóvenes parecían dos puntos casi inmóviles. A lo largo de las dos vías exteriores pasaban, roncadores y ruidosos, los lentos y vetustos vehículos automóviles de las personas a quienes la obligación no llamaba a más de treinta kilómetros de la ciudad. Las vías interiores estaban atestadas de mecanismos más vastos, de rápidos monocielos que llevaban cada uno una veintena de hombres; de largos multicielos de cuadricielos abrumados por cargas enormes por gigantescos carromatos vacíos, que volverían llenos antes de la puesta del sol; todos provistas de motores trepidantes y de ruedas silenciosas, con una perpetua y salvaje melodía de gongs y de cornetas.

Nuestros dos jóvenes, nuevamente unidos y extrañamente intimidados por su mutua compañía, seguían en silencio el borde extremo de la vía exterior: de numerosos sarcasmos y burlas fueron objeto al pasar, porque en el año 2180 un peatón era un espectáculo casi tan extraño como habría sido un automóvil en 1800; pero ellos proseguían su camino, inconmovibles, y no hacían caso de esos gritos.

En el Sur, delante de ellos, se elevaban las colinas: azules primero, después verdes a medida que ellos se acercaban, aparecían coronadas por hileras de gigantescos ventiladores que completaban los que habían sido colocados en el inmenso techo de la ciudad, y las pendientes se presentaban desgarradas y movientes, por decirlo así, bajo las largas sombras de esas veletas torbellinantes.

Como a las doce del día, ya se hablan acercado lo suficiente a ellas para distinguir, aquí y allá, unas pequeñas manchas blanquecinas: eran los rebaños de carneros pertenecientes a la Sección Animal de la Compañía General de la Alimentación. Una hora después, habían pasado los sembrados de legumbres, de tubérculos y raíces, y una vez que hubieron salvado el único cerco que los limitaba, no tuvieron ya que inquietarse por las prohibiciones de entrar. El camino aplanado se hundía, con todo su tráfico, en una zanja enorme, de la cual se apartaron los dos jóvenes para llegar a la falda de la colina andando por sobre los céspedes.

Nunca hasta entonces se habían encontrado esos hijos de la nueva época juntos en un lugar tan aislado.

Los dos sentían mucha hambre, y tenían los pies sumamente doloridos, pues la marcha era entonces un ejercicio poco frecuente. No tardaron, pues, en sentarse sobre el césped raso, sin malas hierbas, y por la primera vez, volvieron los ojos hacia la ciudad de donde venían y que brillaba, inmensa y espléndida, en la bruma azul del valle del Támesis.

Elisabeth, que hasta entonces nunca se había acercado a los animales sueltos, estaba un poco temerosa de los carneros que pastaban libres en la falda de la colina. Denton la tranquilizó.

Sobre sus cabezas, un pajarillo de alas blancas describía grandes círculos en el espacio azul.

Poco hablaron mientras restablecieron sus fuerzas con los alimentos, pero cuando terminaron, sus lenguas se desataron. Denton habló de la dicha que les pertenecía ya por completo, de la locura de no haberse evadido antes de esa magnífica prisión, de los antiguos tiempos novelescos, pasados ya para siempre. Después, se volvió fanfarrón: tomó la espada, que estaba a su lado sobre el césped, y Elisabeth pasó un dedo tembloroso por la hoja.

—¿Y usted podría? —dijo—. ¿Usted podría levantar esto y golpear con ello a un hombre?

—Por qué no, ¿si fuera necesario?

—Pero —dijo ella—, ¡eso parece horrible!… ¡Qué corte el que haría!… —Y, bajando la voz—, ¡y correría la sangre! …

—Usted ha leído bastante a menudo en las antiguas novelas…

—¡Oh! ¡Ya sé!… En las… ¡sí!… pero eso es diferente: uno sabe que eso no es sangre, sino una especie de tinta roja…

—Mientras que usted… ¡mataría!

Lo miró tímidamente y en seguida le devolvió la espada.

Cuando hubieron descansado después de comer, se levantaron para continuar su camino hacia las colinas. Pasaron muy cerca de un inmenso rebaño de ovejas que, balando, los contempló sorprendido de su aspecto insólito. Elisabeth nunca había visto carneros y se estremeció al pensar que esos mansos animales debían ser matados para que su carne sirviera en la fabricación de alimentos. Un perro ladró a la distancia; después apareció un pastor entre los soportes de las ruedas de los ventiladores y descendió hacia los jóvenes.

Una vez que estuvo bastante cerca, los interpeló, preguntándoles adónde iban.

Denton titubeó y le dijo brevemente que buscaban alguna casa abandonada en que poder vivir juntos. Trataba de hablar de una manera desembarazada, como si se tratara de una cosa habitual. El hombre lo miraba incrédulo.

—¿Han cometido ustedes algún delito? —les preguntó.

—Ninguno: lo único que hay es que no queremos vivir más en una ciudad. Por otra parte, ¿cuál es la razón de vivir en las ciudades?

El pastor los miró pasmado, más incrédulo que nunca.

—No podrán ustedes vivir aquí —dijo.

—Queremos hacer la tentativa.

Los ojos del pastor iban del uno al otro de los dos jóvenes.

—Mañana volverán ustedes a la ciudad —dijo—. Esto puede parecer agradable cuando hay sol… ¿Están ustedes seguros de no haber hecho nada? Bien saben ustedes que nosotros los pastores no somos amigos muy íntimos de la policía.

—¡No! Nada hemos hecho —dijo Denton, mirándole bien de frente—: somos demasiado pobres para vivir en la ciudad, y nos sería imposible vestir el uniforme azul y ejecutar trabajos penosos. Vamos a llevar aquí una vida sencilla, como la gente de otros tiempos.

El pastor era un hombre de barba larga y cara pensativa.

Dirigió una ojeada a la frágil belleza de Elisabeth.

—En aquellos tiempos —dijo la gente tenía un alma sencilla.

—Nuestras almas también son sencillas —contestó vivamente Denton.

El pastor se sonrió.

—Si siguen ustedes por allí —explicó—, a lo largo de la cresta, bajo los ventiladores, verán a su derecha, muchos montículos y ruinas: allí estuvo en otros tiempos una ciudad llamada Epsom. Las casas han sido demolidas, y sus ladrillos han servido para hacer un parque de carneros. Irán ustedes más lejos, y en el límite de las tierras cultivadas, hay otro lugar de ese género que se llama Leatherhead, y después la colina contornea un valle en el cual hay bosques de hayas.

Sigan siempre la cresta, y llegarán a lugares totalmente desiertos.

En algunos, no obstante la limpieza general de tierras que se hace, crecen aún madreselvas, campánulas y otras plantas inútiles. Por allí encontrarán ustedes, cerca de los ventiladores, un camino estrecho y pavimentado, un camino hecho por los romanos hace dos o tres mil años. Entonces tomarán ustedes a la derecha, bajarán el valle y seguirán las orillas del río: allí queda todavía, una hilera de casas, algunas de las cuales tienen techos sólidos, y en ellas podrán ustedes encontrar un abrigo.

Los jóvenes le dieron las gracias.

—Es un lugar tranquilo. Desde el obscurece ya no verán ustedes claro, y he oído hablar de ladrones. La soledad es grande, y nada se encuentra allí. Los fonógrafos que cuentan historias, las distracciones de los cinematógrafos, las nuevas máquinas, son allí perfectamente desconocidas. Si tienen ustedes hambre, no hallarán qué comer, y si enferman, no hay médico a quien llamar.

El hombre se calló.

—Procuraremos no necesitarlo —dijo Denton, dando un paso para marcharse: después, con una idea repentina se detuvo e hizo arreglos con el pastor para poder encontrarle en el caso de que lo necesitaran, lo mismo que para que les llevara de la ciudad todo lo que les fuera necesario.

Al anochecer llegaron a la aldea desierta cuyas casas, doradas por los últimos rayos del sol poniente, solitarias y silenciosas, les parecieron pequeñas y raras. Las exploraron una por una, maravillados de su singular sencillez, y discutiendo para saber cuál escogerían. Por fin, en el rincón asoleado de un cuarto que había perdido un trozo de pared, encontraron una florecilla azul, que los rozadores de la Compañía General de Alimentación habían olvidado cortar.

Se decidieron por esa casa, pero no permanecieron largo tiempo en ella esa noche, porque habían resuelto gozar lo más que pudieran del aire libre, y, además, cuando el sol hubo desaparecido del cielo, las ruinas asumieron apariencias de siluetas fantásticas. Así, después de haber descansado durante un rato, subieron hasta la cresta de la colina para contemplar con sus propios ojos el silencioso cielo tachonado de estrellas, acerca del cual los antiguos poetas habían tenido tantas cosas que decir. Era aquél un espectáculo maravilloso, y Denton hablaba como los poetas. Cuando por fin bajaron de la colina, el alba hacía palidecer al cielo. Durmieron poco y cuando, por la mañana, se despertaron, un zorzal cantaba en un vallado.

Así comenzó el destierro de esa joven pareja del siglo XXII. Durante la mañana estuvieron muy ocupados en buscarlos recursos de aquel nuevo hogar en que iban a llevar una vida sencilla. Sus exploraciones no fueron ni muy rápidas ni muy extensas, pues adonde dirigían sus pasos iban cogidos de la mano; pero encontraron algunos rudimentos de mobiliario.

Había, en el extremo de la aldea, una reserva de forraje de invierno para los rebaños de la Compañía General de Alimentación, y Denton sacó y llevó consigo grandes brazadas de ese heno, con el que hizo una cama. En varias casas había aún sillas y mesas roídas por el moho, muebles groseros, bárbaros y feos, a juicio de ambos, y hechos de madera.

Se repitieron la mayor parte de las cosas que se habían dicho la víspera, y hacia la tarde descubrieron otra flor, una campánula.

Al cerrar la noche, algunos pastores de la Compañía llegaron por la orilla del río, en un enorme multicielo. Los jóvenes se escondieron porque la presencia de esos intrusos, al decir de Elisabeth, empañaba el aspecto novelesco de su retiro.

De esa manera vivieron durante una semana cuyos días transcurrieron sin nubes, y las noches, soberbiamente estrelladas, se dejaban invadir más y más por la luna creciente.

Sin, embargo, algo del esplendor primero de su llegada se borraba, se desvanecía imperceptiblemente, día tras día. La elocuencia de Denton se hizo irregular: le faltaban nuevos temas de inspiración. El cansancio de la larga caminata desde Londres les había producido un cierto envaramiento de los miembros, y ambos sufrían inexplicablemente de frío.

Además, Denton conoció el ocio. En un montón de desperdicios y de restos de objetos de otros tiempos, descubrió una azada toda enmohecida con la cual atacó, en sucesos intermitentes, el suelo del jardín invadido por el césped, y se empeñaba en esa labor aunque no tenía nada que plantar ni que sembrar. Cuando hubo trabajado así media hora, volvió bañado en sudor el rostro, adonde estaba Elisabeth.

—Los hombres de esos tiempos eran gigantes —dijo, sin darse cuenta de lo que pueden el hábito y el ejercicio.

Su paseo de ese día los condujo hasta un sitio desde el cual pudieron ver la ciudad que brillaba a lo lejos, en el valle.

—Yo me pregunto —dijo él— cómo siguen las cosas allá.

A poco, cambió el estado de la atmósfera.

—¡Ven a ver las nubes!

Al Norte y al Este, las nubes se extendían como una púrpura sombría, alcanzaban el cenit con sus bordes desgarrados.

Mientras los jóvenes escalaban la colina, las bandas nebulosas ocultaron el sol. De improviso, el viento meció las hayas, que murmuraron. Elisabeth se estremeció. Allá lejos, un rayo cruzó el cielo como una espada bruscamente desenvainada, y el trueno resonó: los jóvenes se detuvieron sorprendidos, y las primeras gotas de la tempestad cayeron pesadas sobre ellos. En un instante, el último rayo del sol poniente desapareció detrás de un velo de granizo, los relámpagos se repitieron y la voz del trueno retumbó con mayor fuerza, y en todo el derredor, el mundo asumió un aspecto amenazador y extraño.

Llenos de, un asombro infinito, los dos hijos de la ciudad se tomaron de las manos y corrieron hasta abajo de la colina, a su refugio. Antes de que hubieran llegado, Elisabeth lloraba de espanto y en el suelo ensombrecido rebotaba en torno de ellos el granizo blanquecino, en innumerables granos.

Entonces comenzó una noche extraña y terrible. Por la primera vez en su vida civilizada, —se encontraron en absolutas tinieblas, Estaban empapados, y, temblaban de frío. A veces el granizo silbaba, y a través de los techos de la casa abandonada, por largo tiempo no restaurados, caían ruidosamente masas de agua que formaban arroyos y charcos en las tablas crujientes del suelo. Bajo las ráfagas de la tempestad, el viejo edificio gemía y temblaba, ya un trozo de yeso caía de la pared y se despedazaba, ya una teja desprendida rodaba por el techo e iba a quebrarse abajo en el invernáculo vacío. Elisabeth tiritaba y no osaba moverse. Denton la envolvió en su traje ligero y gris, y ambos permanecieron inmóviles en la oscuridad. Incesantemente retumbaba el trueno, más violento y más cercano, y cada vez más lívidos y descoloridos, los relámpagos iluminaban con una claridad momentánea y fantástica la habitación inundada en que se guarecían.

Nunca se habían hallado al aire libre sino cuando el sol brillaba: toda su vida había transcurrido en las vías, salas y habitaciones calientes y aireadas de la ciudad. Aquella noche fue para ellos como si hubieran estado en otro mundo, en algún caos desordenado de tumulto y de violencia, y apenas se atrevían a esperar que volverían a ver su ciudad. La tempestad pareció eternizarse, hasta el extremo de que ambos cayeron en un sopor, arrullados por los truenos. Por fin, las ráfagas se apaciguaron y cesaron. Con el repiqueteo de las últimas gotas de lluvia oyeron un ruido extraño.

—¿Qué es eso? —exclamó Elisabeth.

De nuevo llegó hasta ellos el ruido, eran ladridos de perros que pasaron por el camino desierto, y por la ventana que daba luz a la pared que quedaba enfrente de ellos, y en la cual se perfiló la sombra del marco de la ventana y la negra silueta de un árbol, entró la pálida claridad de la luna creciente.

En el momento en que el alba comenzaba a revelarles los contornos de las cosas, el ladrido de un perro se acercó y cesó. Ambos escucharon. A poco, se oyeron un rápido ruido de Pisadas en torno de la casa y ladridos breves y medio ahogados; después, todo volvió a la tranquilidad.

¡Chist!... —dijo Elisabeth, e indicó con el dedo la puerta de la habitación.

Denton dio algunos pasos para salir y se detuvo, con el oído atento. Luego volvió con una expresión de afectada indiferencia.

—Deben ser los perros de la Compañía —dijo—: no nos harán ningún daño.

Nuevamente se sentó cerca de su compañera.

—¡Qué noche! —dijo, para disimular la inquietud con que escuchaba.

—No me gustan los perros —contestó Elisabeth, después de un largo silencio.

—Los perros nunca han hecho daño a nadie —dijo Denton.

—En otros tiempos, en el siglo XIX, todo el mundo tenía un perro.

—He oído una novela en la cual un perro mata a un hombre.

—No un perro de esta clase —dijo Denton con confianza.

—Algunas de esas, novelas, son… exageradas…

De repente, un ladrido sordo, un ruido de patas en la escalera, una respiración jadeante, les hicieron estremecerse.

Denton dio un salto y empuñó la espada en el montón de paja húmeda en que se habían acostado. Entonces, en el umbral de la puerta, apareció un flaco perro de pastor. Detrás de él, otro avanzaba el hocico. Durante un instante, el hombre y los animales se afrontaron.

Denton, que nada sabía de perros, dio vivamente un paso hacia adelante.

—¡Idos de aquí! —ordenó blandiendo torpemente su espada.

El perro se estremeció y gruñó.

—¡Buen perro! —dijo él.

El gruñido del perro se tornó en ladrido.

—¡Buen perro! —repitió Denton.

El segundo animal gruñó y ladró. Un tercero, fuera del alcance de la vista, abajo de la escalera, entró también en la partida. Afuera, otros respondieron. Denton pensó que sin duda eran muchos.

—¡Qué fastidio! —dijo, sin quitar la vista de las amenazadoras bestias—. Indudablemente, los pastores no vendrán de la ciudad hasta dentro de algunas horas, y los perros no nos conocen.

—¡No oigo nada! —gritó Elisabeth, levantándose y acercándosele.

Denton trató nuevamente de hacerse oír, pero los ladridos ahogaron su voz. Aquel ruido producía un curioso efecto sobre sus nervios. Emociones raras y desde hacía tiempo olvidadas comenzaron a agitarle. A medida que gritaba, la expresión de su rostro iba cambiando. Repitió la frase con mayor fuerza aún, pero los ladridos parecían burlarse de él, y uno de los perros, con los pelos erizados, hizo un movimiento como para atacarle. De repente, profiriendo palabras del dialecto de las Vías Inferiores, incomprensibles para Elisabeth, Denton avanzó contra los perros. Los ladridos cesaron, se oyó un gruñido, y un perro saltó. Elisabeth vio la cabeza arisca, los dientes blancos, las orejas gachas, y el relámpago de la espada que caía. El animal que se precipitaba fue rechazado y Denton, lanzando un grito, se puso a perseguir a los perros. Daba vueltas a la espada, por sobre su cabeza con una repentina y nueva libertad de ademanes, y desapareció en la escalera. Ella dio algunos pasos para seguirle: en la meseta había sangre, lo que la hizo detenerse, y oyendo afuera el tumulto de los perros y los gritos de Denton, corrió a la ventana.

Nueve perros lobos se dispersaban, y uno de ellos se retorcía de dolor. Denton, saboreando esa extraña delicia de la lucha que dormitaba todavía en la sangre de los hombres más civilizados, lanzaba gritos y saltaba a través del jardín.

Entonces, sin comprender el peligro de esa nueva táctica, ella vio a los perros dar un rodeo por ambos lados, y volver hacia él: así lo tenían en descubierto.

En un instante, Elisabeth adivinó la situación. Habría querido llamar a Denton, pero durante algunos segundos se sintió impotente hasta que, de repente, obedeciendo a un extraño impulso, recogió su blanca falda y bajó aprisa. En la sala de abajo estaba la azada mohosa: eso era lo que necesitaba.

Se apoderó de ella y salió corriendo.

No llegó demasiado pronto. Un perro, medio abierto de un sablazo, rodaba delante de Denton, pero otro se le prendió del muslo, un tercero se colgó de su cuello, y un cuarto, saboreando su propia sangre, cogió entre sus dientes la hoja de la espada. Con su brazo izquierdo, Denton rechazó al quinto que le saltaba encima.

En lo que concierne a Elisabeth, por lo —menos, podrían haberse creído en el siglo cuando estaban en el XXII. Toda la dulzura y la gracia de sus dieciocho años de vida de ciudad se desvanecieron ante esa necesidad primordial. La azada golpeó, ruda y segura, y rajó el cráneo de un perro. Otro, que se recogía para saltar, ladró de terror ante esa antagonista inesperada, y huyó. Otros dos perdieron momentos preciosos en arrancar el ruedo de la falda femenina.

El cuello del traje de Denton se desgarró. Al caer, el perro se llevó el pedazo: en el mismo instante, la azada le alcanzó.

Denton, libre ya, hundió su espada en el cuerpo del animal que le mordía el muslo.

—¡Corramos a la pared! —gritó Elisabeth.

En algunos segundos más, el combate terminó, y los dos jóvenes se quedaron lado a lado, mientras los cinco combatientes que quedaban huían vergonzosamente, con colas y orejas de derrota.

Durante un instante, ambos permanecieron inmóviles, jadeantes y victoriosos; después, Elisabeth, dejando caer la azada, ocultó su cara entre las manos y se desplomó, sacudida por una crisis de sollozos. Denton miró en torno suyo, clavó su espada en el suelo, de manera de tenerla a, su alcance, y se inclinó para consolar a su compañera.

Por fin, se calmaron las emociones tumultuosas de ambos, y pudieron entonces conversar. Ella se apoyó en la pared, y él se sentó en unas piedras, para que si los perros volvían no pudieran sorprenderle. Dos de esos malditos animales se habían quedado en mitad de la cuesta y no cesaban de ladrar, de una manera inquietante.

Elisabeth estaba bañada en lágrimas, pero no se sentía, sin embargo, excesivamente desgraciada porque, desde hacía media hora, él no cesaba de repetirle que había estado valiente y le había salvado la vida; pero un nuevo temor acudía a su mente:

—Esos son los perros de la Compañía —dijo—. Vamos a tener fastidios.

—Así lo temo. Hay gran probabilidad de que se nos demande por violación de propiedad.

Una pausa.

—En otros tiempos —declaró él— estas cosas, sucedían diariamente.

—¡Y la noche pasada! —dijo ella—. Yo no podría soportar otra igual.

Él la miró: su cara palidecía por el insomnio, estaba demacrada y tenía una expresión hosca. Denton tomó una repentina resolución.

—Es necesario que regresemos —confesó.

Ella miró los cadáveres de los perros y se estremeció.

—No podemos quedarnos aquí —afirmó.

—Es necesario que regresemos —repitió él, echando una ojeada por encima del hombro, para ver si el enemigo conservaba sus distancias—. Hemos sido felices durante algunos días. Pero el mundo está demasiado civilizado. Estamos en la época de las ciudades. Este género de vida nos mataría.

—Pero ¿qué vamos a hacer? ¿Cómo podremos vivir allá?

Denton titubeó. Su talón golpeaba regularmente el trozo de pared sobre el cual se había sentado.

—Esa, es una cosa —dijo— de la cual no he hablado aún —y tosiendo, añadió—: pero…

—¿Qué?

—Tú podrías pedir dinero prestado sobre lo que tendrás que recibir más tarde.

—¿De veras? —preguntó ella, con interés.

—¡Seguramente! ¡Qué niña eres!

Ella se levantó, con una expresión de animación en el rostro.

—¿Por qué no me habías hablado de eso antes? —preguntó—. Hemos estado perdiendo el tiempo aquí.

Él la miró, sonriéndose; pero en seguida desapareció su sonrisa.

—Pensaba que la proposición debía venir de ti —dijo—: me repugnaba pedirte dinero tuyo, y por otra parte, al principio me había parecido que este género de vida sería soberbio.

Se calló un instante.

—Ha sido soberbio antes de que sucediera todo esto —continuó, lanzando todavía una mirada por encima del hombro.

—Sí —contestó ella—, los primeros días, los tres primeros días.

Los dos se miraron amorosamente por un instante, y Denton, descendiendo del trozo de pared en que se había encaramado, le tomó la mano.

—Cada generación —dijo— debe vivir según la filosofía de su época: ahora lo veo bien claramente. La vida de la ciudad es aquella para la cual hemos nacido nosotros. Vivir de otra manera… Nuestra venida aquí fue un sueño, y ahora…: éste es el despertar.

—Fue un hermoso sueño —dijo ella—, al principio…

Durante un largo rato, ninguno de los dos habló.

—Si queremos llegar a la ciudad antes de que los pastores estén aquí, debemos echar a andar —dijo Denton—. Vamos a llevar nuestra comida, y comeremos en el camino.

Denton miró nuevamente en su derredor, y evitando acercarse a los perros muertos, atravesaron el jardín y entraron juntos en la casa. Encontraron la alforja que contenía sus víveres, y volvieron a bajar la escalera manchada de sangre.

Abajo, Elisabeth se detuvo.

—Un instante —dijo—, aquí hay una cosa.

Entró en el cuarto donde se abrí la florecilla azul. Se inclinó y la acarició con los dedos.

—Querría llevármela —dijo—, pero no puedo arrancarla.

Con un movimiento casi involuntario, se inclinó más y posó sus labios sobre los pétalos. Después, silenciosamente, atravesaron lado a lado el jardín y tomaron el antiguo camino.

Volvían resueltamente a la ciudad mecánica y compleja de esos tiempos, la ciudad que había absorbido a la humanidad.

III

Las vías de la ciudad.

Entre las invenciones que en la victoria de la humanidad transformaron el mundo, la serie de mejoramientos de los medios de locomoción que comenzaron con los ferrocarriles, y que, apenas un siglo después, terminaran con los vehículos automóviles y los caminos patentados, es la más notable, sino la más importante. Esos perfeccionamientos así como el sistema de compañías de responsabilidad limitada que reunían capitales enormes, y el reemplazo de los obreros agrícolas por hombres expertos, provistos de mecanismos ingeniosos, produjeron necesariamente la concentración de la humanidad en ciudades de una colosal enormidad y provocaron una revolución completa en la vida humana.

Este fenómeno después de que se hubo realizado, pareció una cosa tan sencilla y tan evidente, que es de admirar el que no se le previera más claramente. Sin embargo, parece que ni siquiera se tuvo idea de las miserias que semejante revolución podía implicar, y no parece que entró en la mente de un hombre del sigla XIX el que las prohibiciones y las sanciones morales, los privilegios y las concesiones, las ideas de responsabilidad y de propiedad, de comodidad y de belleza que habían hecho prósperos y felices los períodos, sobre todo, agrícolas, del pasado, concluirían por desaparecer bajo marea creciente de las posibilidades y exigencias nuevas. El que un ciudadano equitativo y, benévolo en la vida ordinaria pudiera tornarse, como accionista, implacablemente codicioso; el que los métodos comerciales que, en los tiempos remotos, habrían parecido racionales y honorables, fuesen, ya en más larga escala, mortíferos y abrumadores; el que la caridad de otras épocas llegara a ser considerada como un simple medio de pauperización y el que los sistemas de empleo de esas épocas hubieran sido transformados en esclavitudes extenuantes; el que, en el hecho, una revisión y un desarrollo de los derechos y deberes del hombre se hubieran impuesto como una necesidad urgente, eran cosas que no podía concebir el hombre del siglo XIX, profundamente conservador y sometido a las leyes en todos sus hábitos de pensamiento, conformado como estaba por un método de educación arcaico.

Se sabía que la aglomeración excesiva de las ciudades implicaba peligros de pestes sin precedente, hubo un desarrollo enérgico de los procedimientos sanitarios; pero el que los flagelos del juego y de la usura, del lujo y de la tiranía, llegaran a ser endémicos y tuvieran espantosas consecuencias, superaba en mucho a las suposiciones que se podían hacer en el siglo XIX. De tal manera, por algún proceso por decirlo así inorgánico, al cual no se opone prácticamente la voluntad creadora del hombre, se verificó el crecimiento de las desdichadas ciudades hormigueros que caracterizaron al siglo XIX.

La sociedad nueva fue dividida en tres grandes clases.

En la cima, dormitaban los grandes poseedores, colosalmente ricos por accidente más bien que por designio, poderosos, salvo en cuanto a la voluntad y a las aspiraciones: en resumen, el último avatar de Hamlet en el mundo. Debajo estaba la multitud enorme de los trabajadores al servicio de gigantescas compañías que lo monopolizaban todo. Entre esos dos se hallaba la clase media empequeñecida: funcionarios de todas categorías, capataces, gerentes, las clases médicas, legales, artísticas y escolástica y los ricos en pequeño, clase cuyos miembros llevaban una vida de lujo incierto, por medio de especulaciones precarias, séquito de las de los grandes directores.

Ya está referida la historia de amor y el casamiento de los dos jóvenes pertenecientes a esta clase media; ya está dicho de qué manera pasaron por sobre los obstáculos que los separaban, y cómo trataron de vivir a la manera antigua, en el campo, y por qué habían vuelto rápidamente a la ciudad de Londres.

Denton no tenía recursos, de modo que Elisabeth pidió dinero prestado sobre los valores que su padre debía conservar en depósito hasta que ella cumpliera veintiún años.

Naturalmente, tuvo que pagar un interés muy elevado, por causa de la incertidumbre de la amortización, y porque la aritmética de los enamorados es muy a menudo vaga y optimista.

No obstante, después de su regreso, pasaron algunos momentos dichosos. Habían decidido no ir a una ciudad de placeres y no perder su tiempo en correr, a través de la atmósfera, de una parte a otra del mundo, pues, a despecho de su primera desilusión, ambos habían conservado gustos rancios.

Amueblaron su cuartito con viejos muebles raros, de la época de Victoria, y encontraron en el piso cuarenta y dos de la Séptima Vía una tienda en la que todavía, se podían comprar libros impresos a la antigua moda: su manía favorita era leer impresos en vez de escuchar los fonógrafos.

Cuando, poco después, les llegó una niñita para unirlos más estrechamente si tal cosa era posible, Elisabeth no quiso enviarla a una sala cuna, como era la costumbre, sino que insistió en criarla ella misma. En consecuencia de tan singular procedimiento, se les aumentó, el alquiler de su departamento, pero eso les importaba, poco: se contentaron con pedir prestado más dinero.

Llegó el día en que Elisabeth fue mayor de edad, y Denton tuvo con su suegro una entrevista, todo, menos que agradable. Una segunda entrevista, desagradable en exceso, fue la que tuvo con el prestamista, y cuando volvió a su casa estaba pálido y demacrado. Apenas llegó, Elisabeth le contó que su hija había hallado una frase nueva y de entonación maravillosa; pero Denton hizo poco caso de eso. En el momento más importante de la descripción interrumpió:

—¿Cuánto crees que nos queda del dinero ahora que todo está arreglado?

Ella lo miró, pasmada, y se detuvo de golpe en medio de la descripción apreciativa que hacía de la elocuencia de la niñita.

—¿Acaso?…

—Sí —contestó él— así es. No hemos sido juiciosos. Sin duda el interés o algo… y las acciones que tú habías… fundido… A tu padre le importa un bledo, y dice que él nada tiene ya que hacer con eso, después de lo que ha sucedido. Creo que va a volver a casarse. En una palabra apenas nos quedan cinco mil pesos.

—¿Sólo cinco mil?

—Sí… sólo cinco mil.

Elisabeth tuvo que sentarse. Durante un instante, contempló, pálida, a su marido; en seguida sus ojos vagaron a través del cuarto caprichoso y fuera de moda con sus muebles de tiempos pasados y sus cuadros originales, pintados al óleo; después, su mirada fue a posarse por fin en el pequeño modelo de humanidad que tenía en los brazos.

Denton, con los ojos fijos en ella, estaba abatido. De repente, dio media vuelta y se puso a pasear en el cuarto nerviosamente.

—¡Tengo que buscar una ocupación! —declaró a poco—. Soy un holgazán: habría debido pensar antes en eso si no fuera un egoísta y un idiota. No quería dejarte…

Se calló al notar la palidez de su mujer. De improviso, se le acercó y la besó, y besó también la carita que se apretaba contra el pecho de la madre.

—Esto no tiene importancia, amada mía —dijo—: ya no te quedarás sola ahora… ahora que la chica comienza a conversar… y luego, no tardaré en encontrar algo que hacer ¿sabes? Pronto… fácilmente… Al principio estas cosas hieren, pero todo se arreglará… es seguro que se arreglará… Tan pronto como haya descansado, saldré, y veré lo que puede hacer. Por el momento es difícil pensar en algo…

—Será duro dejar nuestro departamento —dijo Elisabeth—; pero… No tendremos necesidad ninguna de dejarlo… créeme.

—Es muy caro…

Denton, con un ademán, apartó esa inquietud y se puso a hablar del trabajo que podría encontrar. No explicaba con mucha claridad lo que ello sería, pero estaba perfectamente seguro de que podrían continuar viviendo cómodamente en la feliz clase media cuya existencia era la única que conocían.

—Hay treinta y tres millones de personas en Londres —dijo— y entre ellos sin duda habrá algunos que me necesiten.

—Seguramente.

—Lo difícil… es… pero… Bindon, el hombrecito moreno con quien tu padre quería casarte, es un personaje importante…

Yo no puedo volver a mi antiguo empleo de la plataforma porque él es ahora jefe del personal de las Máquinas Volantes.

—No sabía eso —dijo Elisabeth.

—Hace algunas semanas fue nombrado… A no ser por eso, las cosas serían bastante fáciles… pues en la plataforma me querían bastante. Pero hay docenas de otras cosas que hacer… ¡docenas! No te atormentes, amada mía. Voy a descansar un poco, después almorzaremos, y en seguida saldré a buscar. Conozco a montones de personas… ¡a montones!… Los dos descansaron, pues, y más tarde fueron al comedor público y almorzaron, después del cual partió él, en busca de un empleo. Pronto tuvieron que notar que desde el punto de vista de una ventaja deseable, el mundo estaba entonces tan mal organizado como lo había estado siempre: esa ventaja era la de un empleo agradable, seguro, honorable, remunerativo, que dejara amplios ocios para la vida privada, y no exigiera ni capacidad especial, ni esfuerzos, ni riesgos, ni sacrificios de ninguna especie. Denton desarrolló un gran número de brillantes proyectos y pasó días y días, en recorrer activamente de un rincón a otro la enorme ciudad, en busca de amigos influyentes, y todos esos amigos influyentes se mostraban contentos de verlo y muy amables, hasta que entraba él a las proposiciones definidas: entonces, los amigos hablaban vagamente y se ponían en guardia. Él se despedía de ellos fríamente, pensaba en su conducta, y se irritaba; entraba en alguna oficina telefónica, gastaba su dinero en querellas animadas e infructuosas. A medida que los días pasaban se sentía más cansado e irritado, —hasta el extremo de tener que hacer un esfuerzo para aparecer alegre y despreocupado delante de Elisabeth, de lo que ella se daba cuenta con toda claridad, como que era una mujer amorosa.

Un día, después de preámbulos en extremo complejos, ella le propuso un penoso medio de salir de apuros. Denton esperaba verla llorar y entregarse a la desesperación cuando tuvieran que vender su tesoro con tanto gozo comprado, sus raros objetos de arte, sus sillones, sus colgaduras, sus cortinas de reps, sus muebles de caoba, sus grabados y dibujos en marcos dorados, sus flores artificiales encerradas en fanales, sus pájaros disecados y tantas otras cosas antiguas y escogidas; pero ella fue quien hizo la proposición. Ese sacrificio parecía causarle un extremado placer, así como la idea de tomar otro departamento, diez o doce pisos más abajo, y en otro hotel.

—Con tal de que la chica esté con nosotros, lo demás poco me importa —dijo—. Todo eso es experiencia ganada.

De modo que él la besó, declaró que se portaba con mayor valor aún que cuando combatió contra los perros, la llamó Boadicea, y se abstuvo muy cuidadosamente de observar que tendría que pagar un alquiler considerablemente más alto por causa de la vocecilla con que la niña acogía el perpetuo bullicio de la ciudad.

Denton había tenido la idea de alejar a Elisabeth cuando llegara el momento de vender el absurdo mobiliario al cual estaban ligados sus afectos; pero, lejos de eso, ella fue quien regateó con el vendedor mientras que su marido, pálido y enfermo de pesar, temeroso de lo que podía seguir a eso, continuaba sus diligencias por las vías móviles de la ciudad.

Una vez que se hubieron instalado en un alojamiento rosado y blanco, sumariamente amueblado, en un hotel barato, Denton sintió un acceso de energía furiosa, al que siguió una semana de apatía, durante la cual se quedó en la casa, sombrío y mohíno. Durante todo ese tiempo, el buen humor de Elisabeth brillaba como una estrella, y al fin, la tristeza de Denton se disolvió en un derrame de lágrimas. Después, Denton partió nuevamente por las vías de, la ciudad, y con gran asombro de su parte halló trabajo.

Sus exigencias se hablan moderado poco a poco y había llegado a reducirse al nivel inferior de los trabajadores independientes.

Primero había aspirado a alguna elevada posición oficial en las grandes Compañías de las Aguas, de los Ventiladores o de las Máquinas Volantes, o a un empleo en una de las Administraciones Generales de Noticias, que habían reemplazado a los diarios, o en alguna asociación comercial o profesional, pero esos eran ensueños de los primeros días. De allí había pasado a la especulación, y trescientos leones de oro, de los mil que quedaban de la fortuna de Elisabeth, se habían sumergido, una tarde, en el mercado de títulos. Ahora se consideraba feliz de que su buena apariencia le hubiera proporcionado un puesto de ensayo como vendedor en el Sindicato de los Sombreros Susana, sindicato que fabricaba y vendía sombreros de señora, gorras y todos los objetos del tocado, pues aunque la ciudad estaba completamente cubierta y protegida contra las intemperies y, el sol, las damas llevaban todavía sombreros voluminosos y complicados cuando iban al teatro y a los lugares de culto públicos.

Habría sido divertido hacer visitar a un tendero de la Regente Street del siglo XIX los ensanches de su primitivo establecimiento, en el cual estaba empleado Denton. Todavía se daba a veces a la vía XIX su antiguo nombre de Regent Street, pero esta era ya una calle de plataformas móviles, de cerca de ochocientos pies de ancho. El espacio central era inmóvil, y por medio de escaleras que descendían en unas vías subterráneas, se tenía acceso a las casas situadas a lado y lado. A derecha e izquierda había una serie de plataformas superpuestas y continuas, cada una con una velocidad superior en cinco millas a la de la plataforma contigua, de suerte que se podía pasar de la una a la otra hasta la vía más rápida y recorrer así la ciudad. El local del Sindicato de los Sombreros Susana tenía una vasta fachada que daba a la vía exterior y avanzaba a cada extremidad una serie de inmensos biombos de vidrio empañado, en los cuales, gigantescos retratos animados de las más lindas mujeres conocidas, tenían por, adorno los sombreros más nuevos.

En la vía central estacionaria, había siempre una densa muchedumbre que miraba un vasto cinematógrafo, el cual desplegaba los descubrimientos de la moda incesantemente variable. La fachada entera del edificio estaba en una perpetua transformación cromática, y de arriba abajo, en una altura de cuatrocientos pies y por encima de las plataformas movientes se entrelazaban, chispeantes y deslumbradoras, con letras y colores mil veces variados, las palabras del letrero: Sombreros Susana - Sombreros Susana.

Gigantescos fonógrafos vaciaban sus clamores ahogando todas las conversaciones en las vías móviles, vociferando constantemente: ¡Sombreros! ¡Sombreros! Mientras a alguna distancia, antes y después de la tienda, otras baterías del mismo instrumento aconsejaban al público: «¡Vamos a la tienda Susana!» o insinuaban al público: «¿Por qué no compráis un sombrero a ese niño?». Para los que tenían la fortuna de ser sordos, y la sordera no era rara en el Londres de esa época, inscripciones luminosas de todas dimensiones se lanzaban desde el techo hasta la plataforma, y en la mano o en el cráneo calvo que uno tenía por delante, o en los hombros de una dama, o en un repentino chorro de llamas, a nuestros pies, el dedo móvil escribía inopinadamente en letras de fuego: «Sombreros baratos, hay», o sencillamente:

«Sombreros». No obstante todos esos esfuerzos, tan grande era la sobreexcitación en que vivía la ciudad, con tanta facilidad se habituaban los ojos y los oídos a no hacer caso de todas esas clases de reclamos, que más de un ciudadano había pasado por allí millares de veces sin haber notado aún la existencia del Sindicato de los Sombreros Susana.

Para entrar en el edificio, se bajaba la escalera de la vía central y se seguía un pasadizo público en el cual se paseaban lindas jóvenes que, por una remuneración mínima, llevaban puestos sombreros con sus respectivos rótulos. La sala de entrada estaba adornada por cabezas de cera peinadas a la moda, que giraban graciosamente sobre pedestales, y de allí, pasando por delante de los bufetes de los cajeros, se llegaba a una interminable serie de pequeños cuartos, cada uno de los cuales contenía: un vendedor, tres o cuatro sombreros, alfileres, espejos, cinematógrafos, teléfonos y deslizadores que los, el comunicaban con el depósito central, asientos cómodos y refrescos tentadores. Denton era vendedor en una de esas divisiones. Su ocupación consistía en recibir, de entre el flujo incesante de damas, a aquellas a quienes se les antojaba detenerse delante de él, ser tan cautivador y seductor como le fuera posible, ofrecer refrescos, mantener la conversación sobre cualquier tema que eligiere la posible compradora, y sin demasiada insistencia, llevar hábilmente la plática hacia los sombreros. Debía incitar a la parroquiana a probar diversos modelos de sombreros y mostrarle con sus maneras y su, actitud, pero sin alabanzas demasiado evidentes, lo mucho que embellecían el rostro los sombreros que él deseaba vender. Tenía varios espejos adaptados, gracias a diversas sutilezas de curvas y de matices, a los diferentes tipos de caras y de cutis, y todo dependía del empleo que el vendedor sabía dar a esos espejos.

Denton se consagró a esos deberes curiosos, pero que le eran poco familiares, con una buena voluntad y una energía que le habrían asombrado un año antes; pero todo eso sin resultado. La directora principal, que lo había elegido para ese empleo y le había acordado diversas señales de favor, cambió repentinamente de actitud, le declaró, sin causa explicable, que era un estúpido, y lo despidió al cabo de seis semanas de haber ejercido ese oficio. Denton tuvo, pues, que comenzar nuevamente sus vanas diligencias.

Esta vez no pudo continuar por mucho tiempo sus peregrinaciones: el dinero se les agotaba. Para que les durara un poco más, tuvieron que resolverse a separarse de su hija amadísima, y la confiaron a una, de las salas cunas públicas que abundaban en la ciudad. Ese era el uso común en aquella época. La emancipación industrial de la mujer, la desorganización del hogar familiar que resultó de ello, hicieron necesarias para todos las salas cunas, salvo para la gente muy rica o para la que tenía ideas excepcionales. Los niños encontraban allí ventajas de higiene y de educación imposibles sin semejantes organizaciones. Había salas cunas de todas clases y con todos los géneros de lujo, hasta las de la Compañía del Trabajo, en las que se recibía a crédito a los niños, y éstos debían rescatarse, con faenas diversas, a medida que crecían.

Pero Denton y Elisabeth eran, como ya queda explicado, unos jóvenes en demasía atrasados, llenos de ideas rancias, y tenían un odio excesivo a esas cómodas salas cunas, de modo que cuando condujeron por fin a su hijita a una de ellas lo hicieron con extremada repugnancia. Los recibió una maternal persona vestida de uniforme, de maneras vivas y solícitas, y Elisabeth lloró en el momento de separarse de su hija. La maternal persona, después de un breve asombro en presencia de esa emoción tan poco común, se convirtió de repente en un ser de esperanza y consuelo, con lo que ganó el profundo agradecimiento de Elisabeth. Se les condujo a una vasta, sala regida por gran número de amas y donde centenares de niñitas se recreaban con juguetes esparcidos por el suelo. Aquella era la sala de Dos Años. Las amas se adelantaron, y Elisabeth las siguió con mirada celosa cuando se llevaron a la niña: eran unas excelentes mujeres, claro estaba que debían serlo, y sin embargo…

Pronto fue necesario marcharse. La pequeña Dings estaba entonces instalada en un rincón, sentada en el suelo, con los brazos llenos de juguetes que la ocultaban en parte.

Parecía preocuparse poco de los parentescos humanos, mientras que su padre y su madre se alejaban. A ambos se les prohibió afligirla con una despedida.

En la puerta, Elisabeth se volvió para verla por última vez, y la pequeña Dings, que había abandonado sus juguetes, estaba parada, titubeante. De improviso los sollozos subieron a la garganta de Elisabeth, y entonces el ama la empujó, salió con ellos y cerró la puerta.

—Pronto podrá usted venir a verla, querida señora —dijo, con una inesperada ternura en los ojos.

Elisabeth la contempló un instante, desconcertada.

—Pronto podrá usted venir —repitió el ama.

Entonces, por una brusca transición, Elisabeth se puso a llorar en los brazos del ama, y la aflicción ganó también el corazón de Denton.

Tres semanas después, nuestros dos jóvenes estuvieron absolutamente sin un centavo, y no les quedó entonces más que un recurso: dirigirse a la Compañía del Trabajo. Tan luego como debieron una semana de alquiler, se les confiscó los pocos objetos que les quedaban, y con una cortesía sumaria, se les señaló la puerta del hotel. Elisabeth siguió el pasadizo que conducía a la escalera por la cual se subía a la vía central inmóvil. Su infortunio la había aturdido demasiado para que pudiera pensar. Denton se demoró en una discusión inútil y aguda con el portero del hotel, y luego la alcanzó, exaltado y con la cara encendida. Al reunirse con ella acortó el paso, y juntos y en silencio subieron hasta la vía central. Allí encontraron dos asientos vacíos y se sentaron.

—No estamos obligados a ir en seguida —dijo Elisabeth.

—No, no antes de que tengamos hambre —contestó Denton.

—Ambos se callaron. Las miradas de Elisabeth buscaban sin hallarlo, un lugar en que descansar. Hacia la derecha se volvían ruidosamente las vías que conducían al Este, hacia la izquierda las que llevaban a la dirección opuesta. Adelante y atrás, a lo largo de un cable por encima de ellos, iban y venían unos hombres gesticulando, vestidos como payasos, marcado cada uno, en la espalda y en el pecho, con una letra gigantesca, de manera que al mirarlos reunidos se podía leer en la hilera que formaban: Píldoras digestivas de Perhinge.

Una mujercita anémica, vestida con un traje hecho de una horrible y ordinaria tela azul, señalaba a una niña uno de los miembros de ese anuncio viviente.

—Mira —decía—: allí está tu padre.

—¿Cuál? —preguntó la niñita.

—Ese que tiene la nariz colorada —contestó la mujer anémica.

La niñita se puso a llorar, y Elisabeth tenía bastantes ganas de hacer lo mismo.

—¡Te parece que se divierten! —continuó la mujer anémica vestida de azul, procurando disipar esa pena—. ¡Mira! ¡Ve, ahora!

En la fachada de la izquierda, un disco inmenso, que brillaba intensamente y refulgía de colores fantásticos, tornaba incesantemente, y letras de fuego aparecían con intermitencias, así:

Si esto os marea…

Y añadían después de una pausa:

Tomad una píldora digestiva Perhinge.

A continuación comenzó un bramido potente y desconsolado.

«Si os agrada la literatura fanfarrona, poned vuestro teléfono en comunicación con Bruggles. ¡El autor más grande de todos los siglos! ¡El pensador más grande de todos los siglos! ¡Él os enseña la moral hasta la raíz de los cabellos!

¡La imagen misma de Sócrates, salvo la parte posterior de la cabeza, que se parece a la de Shakespeare! ¡Tiene seis dedos en los pies, se viste de rojo y nunca se lava los dientes! ¡Escuchadle! La voz de Denton llegó hasta Elisabeth durante una pausa de ese tumulto.

—Yo no debí casarme contigo —decía—. Te he consumido todo tu dinero, te he arruinado, te he reducido a la miseria; soy un bribón... ¡oh! ¡qué mundo maldito!...

Ella quiso hablar, pero durante algunos instantes no halló nada que decir. Por fin le tomó la mano.

—¡No!

Un deseo confuso se convirtió de improviso en ella en una determinación. Se levantó.

—¿Quieres venir?

—No tenemos necesidad de ir ahora —dijo él, levantándose también.

—No es eso. Querría ir a la plataforma de las máquinas Volantes, donde nos conocimos ya sabes, ese rinconcito...

—¿Tú lo deseas? —dijo él, titubeante y dudoso.

—Es necesario —contestó ella.

Denton vaciló todavía un momento y después se decidió a acompañarla. Así fue cómo pasaron su último mediodía de libertad, al aire libre, en la plataforma donde se encontraron hacía apenas cinco años.

Allí, ella le declaró (cosa que no habría podido hacer en medio del tumulto de las vías públicas), que no se arrepentía en manera alguna de su matrimonio; que, cualesquiera que fuesen las penas y las miserias que la vida les reservara aún, ella estaba contenta de lo hecho. La temperatura, ese día, era favorable; su refugio estaba abrigado y lleno de sol, y por encima de ellos los aeroplanos brillantes iban y venían. Por fin, a la puesta del sol, su recreo terminó: una vez que, juntas las manos, se hubieron jurado una mutua consagración, se levantaron para volver a las vías de la ciudad, pobre pareja, cansada y hambrienta, de aspecto sórdido y corazón abatido.

No tardaron en hallar uno de los letreros de color azul pálido que indicaban las oficinas de la Compañía del Trabajo.

Se detuvieron un largo rato en la vía central, hasta que por fin se decidieron a entrar en la sala de espera.

La Compañía del Trabajo había sido primitivamente una organización caritativa. Su objeto era proporcionar comida, alojamiento y una ocupación a todo el que se presentara. A ello estaba obligada por los términos mismos de sus estatutos, así como a dar alimentos, cama y asistencia médica a todos los que, incapaces de trabajar, le pidieran su ayuda. En cambio, esos incapaces firmaban bonos de trabajo que tenían que rescatar después de su curación. La firma consistía en dejar impresa la marca de los dedos pulgares, que eran fotografiados y anotados, de tal modo que aquella universal Compañía del Trabajo podía identificar, al cabo de una investigación que duraba apenas una hora, a cualquiera de sus dos o trescientos millones de parroquianos. El día de trabajo estaba fijado en dos turnos de servicio en una fábrica productora de fuerza eléctrica, o en equivalente, y el cumplimiento de esa faena podía ser exigido por los medios legales.

En la práctica, la Compañía del Trabajo había encontrado la conveniencia de agregar a sus obligaciones estatutarias un pago de algunos centavos por día, como aliciente. Esta organización habla no solamente abolido por completo el pauperismo, sino que subvenía prácticamente a todas las necesidades del trabajo, salvo a los que implicaban otras responsabilidades. Casi una tercera parte de la población del inundo estaba formada por sus siervos y sus deudores, desde la cuna hasta la tumba.

Mediante ese sistema tan práctico y tan poco sentimental, la cuestión del trabajo había sido dilucidada de una manera satisfactoria y resuelta. Nadie moría de hambre en la vía pública; ningún andrajo, ninguna clase de trajes menos sanitarios y suficientes que el higiénico e inelegante uniforme de tela azul de la Compañía del Trabajo, ofendía la vista.

Tema constante de los diarios fonográficos era el decir cuánto había progresado el mundo desde el siglo XIX, época en que los cadáveres de las personas muertas por el tráfico de los vehículos y de las que morían de hambre constituían, según se decía, un espectáculo común en todas las calles muy frecuentadas.

Denton y Elisabeth permanecieron sentados aparte en la sala de espera, hasta que les llegó su turno. La mayor parte de las personas reunidas allí parecían taciturnas y abrumadas, pero tres o cuatro de ellas, vestidas con colores chillones, compensaban la inquietud de sus compañeros: esos eran parroquianos de la Compañía por toda la vida, nacidos en sus salas cunas, destinados a morir en sus hospitales, y que habían salido a divertirse con algunos centavos de ganancia extraordinaria. Visiblemente muy orgullosos de sí mismos, vociferaban más que hablaban una especie de dialecto cockney degenerado.

Las miradas de Elisabeth pasaron de estos últimos a los otros menos seguros de sí mismos. Uno de esos seres le pareció excepcionalmente digno de lástima. Era una mujer de unos cuarenta y cinco años, de cabellos de un rubio dorado y cara pintada, por la cual habían corrido abundantes lágrimas.

Tenía la nariz humeante, los ojos febriles de una persona hambrienta, los hombros y las manos flacas, y su vestido elegante, gastado y raído, decía la historia de su vida.

Había allí también un anciano de barba gris, que llevaba el traje episcopal de una de las grandes sectas, pues la religión había llegado también a ser un negocio, con sus alzas y sus bajas. Cerca de él, un joven como de veintidós años, de aspecto enfermizo y vicioso, parecía, con sus ojos vacíos, contemplar un destino problemático. Denton primero, después Elisabeth, fueron pronto interrogados por la directora, pues la Compañía prefería a las mujeres para este empleo, y ésta tenía una cara enérgica, una expresión despreciativa, una voz particularmente desagradable. Tuvieron que llenar varias boletas, entre otras una en la que declaraban que no querían que se les afeitara la cabeza, y cuando hubieron dejado las marcas de sus pulgares, tomado nota del número que correspondía a esta marca, y cambiado sus trajes raídos por dos de tela azul debidamente numerados, se dirigieron al inmenso refectorio para que se les diera su primera comida adquirida en esas nuevas condiciones. Después tenían que volver a ver a la directora para recibir instrucciones sobre el trabajo que les sería asignado.

Cuando se hubieron puesto sus nuevos trajes, Elisabeth creyó, al principio, que no se atrevería a mirar a Denton; pero él la miró y vio con asombro que, aun dentro de esa tela azul, todavía estaba bonita. En ese momento llegaron el pan y la sopa, deslizándose por los rielecillos que recorrían la larga mesa, y Denton olvidó a su compañera, pues hacía tres días que no probaba una comida satisfactoria.

Después de comer descansaron un rato. Ninguno de los dos habló: nada tenían que decirse. A continuación fueron a ver a la directora para saber lo que tenían que hacer.

La directora consultó un cuadro, indicándose a ellos:

—Vuestros cuartos estarán aquí, distrito de Higlibury, vía 97, número 2017: lo mejor es que apuntéis esto en vuestras tarjetas. Usted, cero cero cero, marca siete, sesenta y cuatro, B C D, gama, cuarenta y uno, hembra; irá usted a la Compañía de la Compresión de Metales y ensayará usted durante un día: ocho centavos de salario si conviene usted. Y Usted, cero siete uno, marca cuatro, setecientos nueve, G F B, pi, noventa y cinco, varón: irá usted a la Compañía Fotográfica, vía ochenta y una, y aprenderá usted a, hacer una cosa u otra: no sé qué; seis centavos. Aquí tenéis vuestras tarjetas. Eso es todo. El que sigue… ¿Qué? ¡No habéis comprendido todo! ¡Buen Dios! ¿Pensáis que voy a empezar de nuevo, gente inatenta, gente imprevisora? ¡Como si lo que se les dice no fuera serio!

Para ir a sus respectivas labores tuvieron que seguir durante un rato el mismo camino, y entonces notaron que podían hablar. Hecho curioso: su tristeza parecía disminuir desde que se habían vestido con el traje azul. Denton habló, hasta con interés, de la tarea que le tocaba.

—Sea lo que sea —dijo—, no puede ser tan odioso como la tienda de sombreros, y cuando hayamos pagado el hospedaje de Dings nos quedará todavía un centavo a cada uno.

Más tarde podremos mejorar y ganar más.

Elisabeth se sentía menos dispuesta a hablar.

—¿Por qué será que el trabajo nos parece odioso?

—Sí, es curioso —dijo Denton—: supongo que no sería así sin la idea de que se nos ordena hacerlo… Espero que tendremos directores decentes.

Elisabeth no contestó —pensaba en otra cosa, tratando de seguir una idea que se le había ocurrido.

—Naturalmente —dijo a poco; durante toda nuestra vida hemos vivido del trabajo de los demás. Ahora no es más que justo…

Se detuvo: aquello era demasiado complicado.

—Lo hemos pagado —dijo Denton, quien todavía no había torturado nunca la mente con esas cuestiones arduas—. No hacíamos nada… y, sin embargo, pagábamos. Eso es lo que no puedo comprender.

—Puede ser que ahora estemos pagando agregó Elisabeth, pues su teología era antigua y sencilla.

Pronto tuvieron que separarse para ir cada uno a sus tareas.

Denton debía atender a una prensa hidráulica complicada y que parecía casi un ser inteligente. Su motor era agua de mar, la que al último servía para lavar las alcantarillas de la ciudad, pues el mundo había abandonado desde hacía largo tiempo la locura de vaciar su agua potable en las cloacas. Un inmenso canal conducía esa agua hasta la parte Este de la ciudad: allí, una enorme batería de bombas la elevaba a unos depósitos situados a cuatrocientos pies sobre el mar y de los cuales se distribuía por millones de conductos a todos los barrios de la ciudad. En su curso limpiaba, inundaba, daba movimiento a mecanismos de todos los géneros a través de una infinita variedad de canales minúsculos, hasta que llegaba a los grandes conductos, los colectores, y transportaba las inmundicias a los terrenos agrícolas que rodeaban a Londres.

La prensa servía para algún procedimiento del taller fotográfico, pero no era asunto de Denton el comprender la naturaleza de esa labor. El hecho más notable en su mente era que la máquina debía estar iluminada por una luz rojiza, y que a causa de eso la sala en que él trabajaba estaba alumbrada por un globo de color que esparcía una luz lívida y penosa —por todo el local. En el rincón más sombrío estaba la prensa que tenía por servidor a Denton: era una cosa enorme, indecisa y chispeante, coronada por una especie de capuchón que tenía un parecido vago con una cabeza Inclinada; una cosa acurrucada como un Buda de metal en esa luz siniestra que alumbraba su funcionamiento, a veces le parecía a Denton que esa máquina era el obscuro ídolo al cual la humanidad, por alguna extraña aberración, ofrecía su existencia en sacrificio. Su servicio era de una monotonía variada. Pormenores como el siguiente darán una idea de su ocupación: la prensa funcionaba con un retintín activo mientras las cosas iban bien: pero si la gelatina, que llegaba de otro cuarto a través de un conducto para ser perpetuamente comprimida en placas delgadas, cambiaba de calidad, la cadencia del tictac se modificaba, y Denton se debía apresurar a hacer ciertos ajustes. La menor demora importaba una pérdida de materia, y por eso se le rebajaba uno o dos de sus centavos cotidianos. Si el aprovisionamiento se detenía (había procedimientos manuales de un género particular por su preparación y a veces los obreros tenían que dejar la obra, lo que interrumpía la producción), Denton tenía que desengranar la máquina. La multitud de esos ciudadanos atentos y menudos exigía una vigilancia penosa en virtud del esfuerzo incesante que requería la ausencia de interés natural de su parte, y Denton pasaba así la tercera parte del día.

Además de las visitas que le hacía de vez en cuando el director, hombre bastante benévolo pero singularmente grosero, Denton pasaba sus horas de trabajo en la soledad.

La tarea, de Elisabeth era de un género más social.

Existía la moda de revestir los tabiques de las habitaciones privadas de la gente muy rica con soberbias placas de metal repujado con dibujos repetidos. El gusto de la época exigía, sin embargo, que la repetición de los dibujos no fuera exacta, mecánica, sino por el contrario natural, y se había notado que el arreglo más agradable de esas irregularidades se obtenía empleando en él a mujeres refinadas y de gusto innato.

Un número fijo de pies cuadrados de esas placas se le exigía a Elisabeth como minimum de tarea, y por cada pie cuadrado que hacía de más, recibía una gratificación mezquina. La sala, como la mayor parte de aquéllas en que trabajaban las mujeres, estaba colocada bajo la dirección de una mujer: la Compañía del Trabajo había observado que los hombres eran no solamente menos exigentes, sino además muy propensos a dispensar de una parte de su labor a ciertas favoritas.

La directora era una persona taciturna, no malévola en demasía, con algunos restos de belleza morena, y las otras mujeres que, naturalmente, la odiaban, se asociaban escandalosamente, para explicar su posición, su nombre al de uno de los directores de los talleres.

Una o dos solamente, de las compañeras de Elisabeth, habían nacido siervas: eran unas muchachas feas y melancólicas; pero las otras pertenecían al número de las que en el siglo XIX habrían sido llamadas «sin esfera social». El ideal de lo que constituía a la dama había cambiado. La virtud vaga, borrosa, negativa, la voz modulada y los ademanes afectados de la dama de antes habían desaparecido de la tierra.

La mayor parte de las compañeras de Elisabeth exhibían cabelleras descoloridas, cutis en estado miserable, y los temas de sus conversaciones reminiscentes eran las glorias desvanecidas de una juventud conquistadora. Todas esas obreras de arte eran de mayor edad que Elisabeth, y expresaban abiertamente su sorpresa de que una mujer tan joven y tan bonita se viera reducida a participar de su labor; pero ella no se preocupaba absolutamente de exponerles sus concepciones morales decrépitas.

Se les permitía conversar entre ellas, hasta se les alentaba a hacerlo, pues los directores pensaban con acierto que la variación de los pensamientos producía en los dibujos agradables diversidades. Elisabeth se vio casi forzada a escuchar la historia de las vidas con las cuales estaba mezclada la suya: esos relatos estaban truncados por la vanidad, es cierto, y sin embargo, eran suficientemente comprensible—. Pronto comenzó Elisabeth a discernir los despechos, las desinteligencias, los partidillos y las alianzas que se formaban en su derredor. Una de aquellas mujeres era locuaz hasta el exceso en sus descripciones de un hijo prodigioso que había tenido; otra cultivaba una estúpida grosería de palabras que parecía considerar como la expresión de la originalidad más espiritual; otra soñaba incesantemente con vestidos y modas y decía en confianza a Elisabeth que ahorraba sus centavos día tras día, y que dentro de poco saldría en libertad por veinticuatro horas, soberbiamente vestida con esto o con lo otro, y, extensamente, le describía sus atavíos; otras dos estaban siempre juntas, prodigándose los calificativos amistosos, hasta el día en que, por un pretexto insignificante, se separaron, ciegas y sordas, al parecer, a su reciproca existencia. Del taller de cada una salía incesantemente el ruido de los martillazos, y la directora cuidaba de que ninguna de esas cadencias se detuviera. Así pasaban, los días, así pasarían las vidas.

Elisabeth estaba entre ellas, dulce y tranquila, con el corazón triste, maravillada del destino: ¡tap! ¡tap! ¡tap! ¡tap! ¡tap! ¡tap!

Hubo de esa manera para Denton y para Elisabeth una larga serie de días laboriosos que les endureció las manos, tejió en la suave hermosura de su vida los hilos extraños de una substancia nueva y más austera, y dio a sus caras líneas y sombras más grandes. Su antigua vida brillante y fácil había retrocedido una distancia inaccesible; lentamente, aprendían la lección del mundo inferior, sombrío y laborioso, vasto y fecundo. Muchas pequeñas cosas sucedieron, cosas que sería fastidioso y mezquino referir, cosas amargas e hirientes para ellos que las soportaban: indignidades, tiranías, todo lo que sazonará eternamente el pan de los pobres en las ciudades, y sobrevino también un acontecimiento que pareció ensombrecer completamente su vida: la niña nacida de ellos enfermó y murió. Pero esta historia antigua y perpetuamente nueva ha sido contada tan a menudo, tan magníficamente, que no es necesario repetirla aquí. Ambos sintieron, en presencia de la niña enferma, el mismo temor doloroso, la misma interminable ansiedad, sufrieron el desenlace sin cesar demorado, pero inevitable, y el negro silencio.

Así ha sido siempre, así lo será por siempre: esa es una de las cosas que tienen que ser.

Elisabeth fue quien primero profirió algunas palabras después de un doloroso intervalo de días tristes: no pronunció el absurdo diminutivo que ya no era más que un nombre, sino que habló de las tinieblas que obscurecían su alma. Juntos habían recorrido las vías ruidosas y tumultuosas de la ciudad; el bullicio del comercio, de los llamamientos políticos, de las religiones en competencia, había tropezado con sus oídos cerrados; el deslumbramiento de las luces, de las letras danzantes y de los anuncios chispeantes no había podido animar sus caras afligidas, desconsoladas. Comieron aparte en el refectorio.

—Querría —propuso Elisabeth—, subir hasta las plataformas… a nuestro sitio… aquí no se puede decir nada …

—Estaremos a obscuras —dijo Denton, mirándola.

—He preguntado… La noche estará hermosa…

Se calló Denton; comprendió que no podía hallar palabras para expresarse, que quería ver una vez más las estrellas, las estrellas que los habían contemplado en el campo durante su novelesca luna de miel, hacía ya cinco años. Algo le oprimió la garganta, y tuvo que volver los ojos a otro lado.

—Tenemos tiempo de ir —dijo, en tono indiferente.

Por fin, se encontraron sentados en la plataforma de las Máquinas Volantes, y allí se quedaron largo rato, en silencio.

Sus asientos estaban en la sombra, pero el cenit tenía un color azul pálido a través del resplandecimiento de las luces del andén de llegada, y la ciudad entera se extendía por debajo de ellos, cuadros, círculos y manchas múltiples de reflejos encerrados en esa inmensa red de claridad. Las estrellas parecían alejarse, minúsculas: antes, los que las miraban habían creído verlas próximas, y ahora parecían inaccesiblemente lejanas. Sin embargo, se las percibía aún por unos huecos sombríos, entre los reflejos, y sobre todo, hacia el Norte, donde las antiguas constelaciones se deslizaban, constantes y pacientes, en torno del polo.

Por largo rato la joven pareja permaneció silenciosa: por fin, Elisabeth suspiró.

—Si yo pudiera comprender… —dijo—. Cuando uno está abajo, la ciudad absorbe, se diría, todo el ruido, la actividad, las voces: hay que vivir, hay que moverse. Aquí, ya no hay nada… una cosa que pasa… se puede pensar en paz…

—Sí —dijo Denton—: ¡cuán fútil es todo eso! Desde aquí, más de la mitad de la ciudad está sumida en la noche… todo eso pasará…

—Nosotros pasaremos antes —dijo Elisabeth.

—Lo sé —contestó Denton—. Si la vida no fuera momentánea, el conjunto de la historia parecería el acontecimiento de un solo día… Sí… pasaremos… y la ciudad pasará… y todas las cosas por venir… el hombre y el superhombre y las maravillas imaginables, y sin embargo…

Se calló, pero prosiguió al cabo de un instante:

—Sé lo que tú sientes, o por lo menos me lo imagino… allá abajo, uno piensa en el trabajo, en sus pequeñas vejaciones y en sus placeres, en comer y en beber, en el cansancio y el reposo. Allá abajo, todos los días… nuestra pena… parece… el objeto de nuestra vida… Aquí, es diferente… por ejemplo… abajo sería casi imposible continuar viviendo si uno estuviera horriblemente desfigurado… horriblemente estropeado… contrahecho… Aquí, bajo las estrellas, nada de eso importa… todo forma parte de algo. Uno cree hasta tocar ese algo bajo las estrellas…

Se detuvo. Las concepciones vagas o impalpables de su mente, la emoción indecisa, que trataba de formarse en la idea, se desvanecían bajo el rudo abrazo de las palabras.

—Es difícil de expresar —dijo, lamentablemente.

Todavía permanecieron largo rato sin hablar.

—Hace bien el venir aquí —repuso él por fin—. Nosotros nos detenemos, nuestro espíritu es muy limitado… Al fin y al cabo, no somos más que unos pobres animales que nos elevamos un poco por encima del bruto, cada cual con un espíritu… un pobre rudimento de espíritu… Somos tan estúpidos… Hay tantas cosas que hieren… y sin embargo…

—¡Lo sé, lo sé!… Pero algún día veremos. Toda esta espantosa miseria, toda esta discordia se resolverá en armonía, y nosotros lo sabremos. ¡Nada hay que no tienda a ese fin!

Todos los fracasos, todos los pequeños hechos preparan esta armonía. Todo es necesario a su venida… Encontraremos… ¡encontraremos! Nada, ni siquiera el más horrible suceso debe faltar… ni siquiera los más fútiles. Cada martillazo nuestro en el metal… cada instante de nuestro trabajo, nuestros mismos recreos… cada movimiento de nuestra pobre hija… todas esas cosas continuarán por siempre, y hasta lo que no se puede sentir… Nosotros dos, aquí, juntos… todo… la pasión que nos ha unido… todo lo que ha sucedido después… ya no es una pasión ahora… más que todo es un dolor… amada mía …

—Nada más pudo decir, ni seguir hasta lejos sus pensamientos.

Elisabeth no le dio respuesta alguna. Estaba muy tranquila, pero pronto su mano buscó la de Denton y la encontró.

IV

Abajo.

Bajo las estrellas es posible elevarse hasta la resignación, cualquiera que sea el mal de que se sufre, pero con la fiebre y la miseria de la labor cotidiana volvemos a caer en el asco, en la cólera, y en la vida intolerable. ¡Cuán ilusoria es entonces nuestra magnanimidad: un accidente, una frase! Los santos de otros tiempos debían, ante todo, huir del mundo.

Denton y Elisabeth no podían abandonar el suyo. Los caminos no conducían ya a las tierras vírgenes en que se podía vivir libremente, por duro que ello fuera, y encontrar la paz del alma. La ciudad había absorbido a la humanidad.

Durante algún tiempo, nuestros dos siervos conservaron sus primeras ocupaciones: ella en los metales y él en la prensa; después, éste sufrió un cambio de empleo que a él le llevó nuevas pruebas, más amargas aún. Se le confió el cuidado de una prensa más complicada en la fábrica central del Tejar General.

En sus nuevas funciones tuvo que trabajar bajo una larga bóveda, con un cierto número de otros hombres que, en su mayor parte, habían nacido siervos. Las relaciones con esos nuevos camaradas le repugnaban. Había recibido una educación refinada y hasta el momento en que la fortuna adversa lo hubo reducido a usar ese traje, nunca en su vida, había hablado a la gente vestida de tela azul, a, no ser para mandarlos, o cuando alguna necesidad lo obligaba a ello.

Ahora, estaba en contacto perpetuo con esos hombres; tenía que trabajar a su lado, que usar sus utensilios, que comer en su compañía. A él, lo mismo que a Elisabeth, le pareció eso una degradación más.

Tal sentimiento habría parecido exagerado a un hombre del siglo XIX, pero, lenta e inevitablemente, en ese largo intervalo de años, un abismo se había abierto entre la gente vestida de tela azul y las clases superiores, una diferencia no sólo de circunstancias y de hábitos de vida, sino también de principios y hasta de lenguaje. En las vías inferiores se había desarrollado un dialecto especial. Arriba también se había formado un dialecto, un código de pensamientos, una lengua cultivada, que tendían, mediante un asiduo afán por la distinción, a ensanchar perpetuamente el espacio que las separaba de la vulgaridad. Además, los vínculos de una fe común no mantenían ya la unidad de la raza. Los últimos años del siglo XIX se habían distinguido por un rápido desarrollo, en las clases ociosas y prósperas, de perversiones esotéricas de la religión popular: glosas e interpretaciones que reducían la vasta enseñanza del carpintero de Nazaret a la estrechez excesiva de su vida. No obstante su inclinación hacia la antigua manera de vivir, ni Elisabeth ni Denton tenían ideas suficientemente originales para salvarse de la influencia del medio en que se hallaban. Para los actos corrientes habían seguido las costumbres de su clase, y cuando cayeron por fin en esa situación de siervos, creyeron casi llegar a un medio de animales inferiores y desagradables: sentían lo que habría sentido un duque o una duquesa del siglo XIX si se hubieran visto obligados a ir a alojarse en algún arrabal populoso.

Su impulso natural era mantener las distancias; pero la primera idea que Denton había concebido, de un altivo aislamiento en medio de los que le rodeaban, fue bien pronto rudamente alejada. Se había imaginado que su caída al rango de siervo era el fin de sus sinsabores; que, con la muerte de su hijita, había sondeado las profundidades de la vida; pero, a decir verdad, todo aquello no era aún más que el principio.

La vida nos pide algo más que nuestra sumisión. Ahora en la compañía de los sirvientes de máquinas, iba a aprender una lección peor, a trabar conocimiento con otro factor de su vida, factor tan elemental como la pérdida de las cosas que nos son caras, más elemental que el mismo trabajo.

La manera, tranquila con que trató de desalentar toda tentativa de conversación, fue interpretada con bastante presteza como desdén, y fue tina causa inmediata de ofensa.

Su ignorancia del dialecto vulgar, de lo que hasta entonces se había enorgullecido, asumió repentinamente un nuevo aspecto.

No se dio cuenta inmediatamente de que la manera como recibió las observaciones groseras y estúpidas, pero simpáticas, con que se le acogió, dobló abofetear en pleno rostro a los que así salían a su encuentro.

—No comprendo —dijo, fríamente, y agregó, al acaso—: No, gracias.

El hombre que le había dirigido la palabra se quedó sorprendido, le miró de reojo y se dio vuelta. Otro, que tampoco había sabido hacerse comprender, se dio el trabajo de repetir su frase, y entonces Denton comprendió que se ofrecía a prestarle su aceitera. Le dio las gracias cortésmente, en seguida de lo cual aquel segundo interlocutor se engolfó en una conversación desagradable. Denton, dijo, había sido un guapo señor, y él desearla saber cómo había llegado al uso del traje azul. Evidentemente esperaba un interesante relato de vicios y despilfarro, de excesos de todas clases en una ciudad de placer: Denton debía revelarle la existencia de esos maravillosos lugares de delicias, que penetraba en los pensamientos y corrompía el honor de esa gente del mundo inferior, trabajadores de mala gana y sin esperanza.

Su temperamento aristocrático se irritaba ante esas preguntas.

Contestó con un «no» seco el hombre insistió con interrogaciones aún más personales, y esta vez, Denton fue quien volvió las espaldas.

—¡Por vida!... —exclamó su interlocutor, sumamente sorprendido.

Denton notó a poco que el hombre refería esa notable conversación, con ademanes indignados, a un auditorio poco simpático, provocando asombro y risas irónicas. Todos miraban a Denton con interés manifiestamente acrecentado.

Una curiosa sensación de aislamiento se apoderó de él, y entonces trató de pensar en su prensa y en los pormenores de su manejo que todavía le era poco familiar...

Durante el primer lapso de tiempo, las máquinas ocupaban suficientemente a sus servidores, después había una interrupción, que no era más que un intervalo para la comida, demasiado corto para permitir que los siervos salieran del refectorio de la compañía. Denton siguió a sus compañeros a una galería donde estaban amontonados los desechos procedentes de las prensas.

Cada obrero tenía un paquete de comida. Denton no lo tenía. El director, joven despreocupado que había obtenido su empleo por protección, había olvidado prevenir a Denton que era necesario proveerse previamente de víveres, y nuestro amigo se mantenía aparte, sufriendo hambre. Los otros se agruparon, hablando a media voz y lanzando de vez en cuando miradas a su lado. Él se sentía molesto y necesitaba hacer un esfuerzo sin cesar aumentado para conservar su actitud indiferente: para distraerse, trató de pensar en la palanca de su nueva prensa.

A poco uno de los siervos, más pequeño, pero mucho más grueso y robusto que Denton, se le acercó. Denton lo esperó con una expresión tan tranquila como le fue posible.

—¡Toma! —le dijo el delegado, presentándole un trozo de pan, con una mano no muy limpia.

El hombre tenía la piel curtida, la nariz ancha y la boca torcida. Denton vaciló un momento, preguntándose si aquello era una cortesía o un insulto. Su primer movimiento fue rehusar.

—¡No, gracias! —dijo, y como el hombre parecía sorprendido, añadió—: No tengo hambre.

Entonces, uno prorrumpió en una carcajada en el grupo que se había mantenido aparte.

—¡Ya se lo había dicho yo a ustedes! —gritó el hombre que habla ofrecido su aceitera a Denton—. ¡Nos desprecia; no somos bastante finos para él!

La cara curtida pareció ensombrecerse más.

—¡Oye! —dijo el hombre presentándole siempre el pan y hablando en voz baja—: vas a comer esto ¿sabes?

Denton miró fijamente a aquella cara amenazadora, y unos raros sacudimientos de energía recorrieron su cuerpo de arriba abajo.

—Lo necesito —dijo, tratando de sonreír amablemente, pero sin hacer otra cosa que una mueca.

El hombre rechoncho avanzó la cabeza, y el pan que tenía en la mano, se convirtió en una amenaza material.

Denton procuró ver en los ojos de su antagonista las intenciones que tenía.

—¡Come! —ordenó el hombre rechoncho.

Hubo una pausa, y en seguida los dos hombres hicieron un movimiento rápido. El trozo de pan describió una curva complicada que debía terminar en la cara de Denton; pero éste detuvo con un puñetazo la mano lanzada, y el pan siguió por el aire, fuera de la lucha, terminado ya su papel.

Denton saltó hacia atrás, con los puños apretados y los brazos extendidos. El aspecto sombrío y rudo del otro se cambió en hostilidad abierta, sus ojos acechaban una oportunidad. Denton estuvo por un instante lleno de confianza y animado por un tranquilo valor. Su corazón latía precipitadamente, su vida crecía en intensidad.

—¡Eh, muchachos, una gresca! —gritó uno.

El hombre de cara curtida había saltado hacia adelante, retrocedido, saltado a un lado, y vuelto a la carga. Denton quiso dar una patada y en el mismo instante recibió un golpe.

Le pareció que le destruían un ojo, y sintió, contra su puño, un labio blando en el momento justo en que recibía un nuevo golpe, esta vez bajo la barba. Un inmenso abanico de agujas flameantes se abrió por delante de sus ojos. Tuvo la convicción pasajera de que su cabeza estaba rota en pedazos, después algo le golpeó por detrás, y la lucha no fue ya para él sino un suceso impersonal y sin interés.

Toda la conciencia de que un lapso de tiempo, segundos o minutos, intervalo abstracto y apacible, transcurría: estaba tendido, con la cabeza sobre un montón de cenizas, y algo húmedo y caliente le corría por el cuello. Sus primeras impresiones fueron discretamente penosas. Toda su cabeza vibraba; su ojo y su barba vibraban hasta con exceso y en la boca tenía un sabor de sangre.

—Está mejor —dijo una voz—: ya abre los ojos.

—¡Eso le enseñará! ¡Bien hecho! —dijo otro.

Sus compañeros estaban parados en torno suyo. Hizo un esfuerzo, se sentó, y se llevó la mano a la cabeza. Tenía el cabello mojado y lleno de ceniza. Una carcajada acogió ese ademán. Uno de sus ojos no se abría sino a medias. Se dio cuenta de lo que había sucedido, y su esperanza de una victoria final se desvaneció.

—Parece sorprendido —dijo uno.

—¿Quiere usted más? —interpuso un bromista.

—No, gracias —añadió, imitando el tono cortés de Denton.

Éste distinguió, algo atrás, a su antagonista, que tenía en la cara un pañuelo manchado de su sangre.

—¿Dónde está ese pedazo de pan que tenía que comer? —preguntó un pequeño individuo de cara astuta, y se puso a buscar con el pie en las cenizas.

En la mente de Denton se efectuó un debate embarazoso: sabía que el código del honor exigía que un hombre prosiguiera hasta el fin una lucha empezada; pero ese extremo le parecía bastante amargo. Estaba decidido a levantarse, pero no experimentaba ningún violento deseo de hacerlo, y se le ocurrió, sin que este pensamiento pudiera estimularle, que al, fin y al cabo no era quizá más que un cobarde.

Por un instante, sintió su voluntad pesada como un plomo.

—¡Aquí está! —dijo el hombrecito de cara astuta.

Se inclinó para recoger un objeto manchado de ceniza, miró a Denton, y después a los demás. Lentamente y de muy mala grana, Denton se levantó.

—¡Dame eso! —dijo, tendiendo la mano, un albino de cara sucia.

Y se adelantó hacia Denton, amenazador y con el pan en la mano.

—¿Todavía no tiene el estómago lleno, eh?

El momento crítico llegaba.

—¡No, todavía no! —dijo Denton con una expresión de angustia.

Resolvió golpear a ese bruto detrás de la oreja antes de que se lo derribara de nuevo: estaba persuadido de que lo derribarían otra vez, y sombro de haberse juzgado tan sentía un gran animal. Algunos pases ridículos y se vería en el suelo.

Miró al albino fijamente en los Ojos. Éste hacía gestos de complacencia, como alguien que prepara tina farsa agradable.

La intuición repentina de inminentes humillaciones irritó a Denton.

—¡Déjale tranquilo, Jim! —gritó el hombrecito rechoncho, detrás de su pañuelo ensangrentado. Nada te ha hecho a ti.

El albino cesó de hacer muecas y se detuvo. Su mirada fue de los vinos a los otros. Denton se dijo que su primer adversario reclamaba el privilegio de su destrucción: más le habría convenido el albino.

—¡Déjale tranquilo! ¿oyes? Ya ha recibido su merecido.

Una campana hizo oír su voz, y puso fin a, la escena. El albino vaciló.

—¡Una suerte para ti! —dijo, con una metáfora grosera…—: pero guarda la próxima salida. ¡Viejo mío! —añadió— después de reflexionar, y se dirigió con los otros a las prensas.

El hombrecito rechoncho dejó pasar al albino por delante de él. Denton comprendió que se le daba una tregua.

Todos pasaron la puerta y Denton, volviendo a la conciencia de su servicio, se apresuró a formar en la fila. En la entrada de la galería abovedada estaba, marcando un tarjetón, un inspector con uniforme azul.

—¡Venga usted aquí; usted! —ordenó a Denton.

—¡Hola! ¿quién le ha golpeado? —preguntó al ver su estado.

—¡Esa es cuestión mía! —contestó Denton.

—También será cuestión de usted si su tarea sufre las consecuencias.

Téngalo usted presente.

Denton no contestó: ya no era más que un obrero, un animal; llevaba el traje azul: las leyes prohibían los pugilatos y las riñas no eran para él, bien lo sabía.

Ocupó su puesto en la prensa. Sentía que la piel de su frente y de su barba se levantaba sobre grandes hinchazones: sentía el creciente dolor de cada contusión. Su sistema nervioso llegó al estado letárgico: a cada movimiento que exigía la prensa, le parecía que levantaba un peso enorme, y en cuanto a su honor, allí también sufría dolores agudos.

¿Cuál era su situación? ¿Qué había sucedido, exactamente, durante los últimos minutos? ¿Qué iba a suceder ahora? Aquél era una inagotable fuente de reflexiones, pero no lo era posible pensar sino a trozos desordenados.

Su estado de espíritu era una especie de asombro estancado.

Todas sus nociones estaban trastornadas. Había considerado su seguridad con respecto a la fuerza física como inherente a su persona, como una de las condiciones de su vi da, y a decir verdad, así había sido mientras se había vestido como la clase media, mientras había tenido los recursos de la clase media para defenderse; pero ¿quién querría intervenir en una querella de siervos groseros y brutales?

Realmente, en esos tiempos, nadie pensaba en tal cosa. En el mundo inferior, no había leyes de hombre a hombre. La ley y el mecanismo del Estado habían llegado a ser algo que mantenía a los hombres abrumados, los apartaba de toda propiedad y de todo placer deseable, y a eso limitaba sus efectos. La violencia, ese océano en el cual los brutos permanecen, sumidos para siempre, a la cual mil diques y mil artificios han arrancado nuestra vida civilizada y aventurada, se había esparcido de nuevo a través de las vías inferiores y las había sumergido. El puño reinaba como amo absoluto; Denton había por último llegado a ese estado elemental: el puño y la astucia, el corazón duro y la camaradería, todo eso tal como lo había sido en otros tiempos.

La cadencia de la máquina cambió, lo que interrumpió sus pensamientos. Pronto pudo volver a ellos. ¡Con cuánta rapidez suceden las cosas! No sentía contra esos hombres que lo habían golpeado ninguna enemistad particular. Estaba aporreado, y lo venda caía de sus ojos; ya veía, con completa buena fe, lo que justificaba su impopularidad: él se había portado como un imbécil. El desdén, la exclusión, son el privilegio de los fuertes. El aristócrata caído que se aferra todavía a esa distinción inútil, es ciertamente la criatura de pretensiones más lastimosas en nuestro Universo siempre pretencioso. ¿Qué derecho tenía él para despreciar a esos hombres? ¡Qué desgracia, no haber apreciado mejor todo eso algunas lloras antes!

¿Qué iba a suceder en el próximo descanso? No habría sabido decirlo, no podía ni siquiera imaginárselo: le era imposible suponer cuáles serían los pensamientos de esos hombres. Se daba cuenta solamente de su hostilidad y de la falta absoluta de simpatía de su parte para ellos. Vagas ideas de vergüenza y de violencia se perseguían unas a otras en su mente. ¿Podría encontrar un arma cualquiera? Se acordó de su lucha con el hipnotizador, pero ahora no habla cerca de él ninguna lámpara transportable. Nada veía que pudiera servirle para defenderse. Por un momento pensó en una fuga precipitada para encontrar la salvación en las vías públicas, tan pronto como terminaran las lloras de trabajo; pero, aparte la insignificante consideración de su propio respeto, se dio cuenta de que aquello sería sólo un estúpido aplazamiento y una agravación de su situación embarazosa. En ese momento vio al hombre de la cara astuta y al albino que conversaban con los ojos vueltos hacia él: poco después se dirigieron al hombrecito rechoncho, que cuidadosamente volvía las espaldas a Denton.

Por fin, llegó el momento de terminar la tarea. El hombre que le había ofrecido la aceitera detuvo bruscamente su prensa y se volvió, limpiándose la boca con el dorso de la mano. Sus ojos expresaban la tranquila expectación de quien ocupa un lugar para presenciar un espectáculo.

El momento crítico se acercaba, y todos los nervios de Denton parecían saltar y bailar. Decidido a pelear si se le infería alguna nueva lujuria, detuvo su prensa y se volvió.

Con un aplomo visiblemente afectado, se dirigió a la extremidad de la bóveda y entró en el pasadizo atestado de montones de cenizas: entonces notó que había olvidado su blusa, que había colgado en la prensa, obligado por el calor de la sala.

Volvió sobre sus pasos, y se encontró cara a cara con el albino.

—Por fuerza… ¡tiene que comerlo! —decía en tono de reproche el hombrecito de cara astuta—; tiene que comerlo, ¡absolutamente!

—¡No! ¡Déjenlo tranquilo! —replicó el hombre rechoncho.

Al parecer, nada más, debía suceder ese día. Denton Regó al pasadizo y subió la escalera que conducía a las plataformas movientes de la ciudad.

Surgió al resplandecimiento lívido y entre la multitud apresurada de la vía pública, le asaltó vivamente la conciencia de su cara desfigurada, y con mano ligera palpó sus contusiones hinchadas. Subió hasta la plataforma más rápida y se sentó en uno de los bancos reservados a los siervos de la Compañía del Trabajo.

Se sumergió en un sopor pensativo. Veía con una especie de claridad estática las miserias y los peligros inmediatos de su posición. ¿Qué haría al día siguiente? No lo sabía.

¿Qué pensaría Elisabeth de esas brutalidades? Tampoco lo sabía. Estaba agotado. —De improviso, una mano se posó en su hombro. Se dio vuelta, y vio al hombre rechoncho sentado a su lado. Se estremeció. Cierto era que en la vía pública estaba a cubierto de toda violencia.

La cara del hombre no conservaba señal ninguna del combate. Su expresión estaba exenta de hostilidad y parecía tener un sello de deferencia.

—¡Dispense usted! —dijo con absoluta ausencia de rencor.

Denton comprendió que no tenía que temer ningún ataque. No se movió, esperando lo que seguiría. La frase que su interlocutor pronunció había sido evidentemente preparada.

—Lo que… yo… querría… decir… es… esto… —articuló el hombre, y se calló, buscando otras palabras.

—Lo que… yo… querría… decir… es… esto… —repitió.

Por último, abandonó ese discurso.

—¡Usted es un guapo mozo! —exclamó, poniendo una mano sucia en la sucia manga de Denton—. ¡Usted es un guapo mozo!… Un hombre distinguido… Lamento… lamento mucho… quería decirle a usted esto…

Denton comprendió que debían existir otros motivos que un mero impulso para que un hombre cometiera actos abominables. Meditó y reprimió su amor propio intempestivo.

—No tenla la intención de ofenderle a usted al rehusar el pedazo de pan —dijo.

—Sí… no lo hizo usted a mal hacer —dijo el hombre, acordándose de la escena—; pero delante de ese animal de Whitey con sus risitas… pues ¡toma! … tuve que golpear…

—Sí —dijo Denton, con repentino calor—: yo fui un tonto.

—¡Ah! —exclamó el hombre, con gran satisfacción—. Eso está a la perfección: ¡choque usted!

Denton le estrechó la mano.

La plataforma moviente pasaba por delante de la vidriera de un fabricante de caras, y en la parte inferior, había una hilera de espejos destinados a estimular en los transeúntes el deseo de facciones más simétricas. Denton percibió su imagen y la de su nuevo amigo, enormemente torcidas y ensanchadas: su cara estaba hinchada y ensangrentada sólo en un lado; una mueca de amabilidad idiota y fingida la deformaba a lo ancho, una mecha de cabellos le ocultaba un ojo. El artificio del espejo presentaba a su compañero con un engruesamiento exagerado de los labios y la nariz. Ambos estaban unidos por el apretón de manos que se daban.

Después, bruscamente, esa visión pasó, para volver más tarde a la memoria de Denton durante las meditaciones vagas de un insomnio matinal.

Mientras se estrechaban la mano, el hombre emitió algunas confusas reflexiones, diciendo que siempre había estado seguro de poder entenderse con un hombre de sociedad si alguna vez en su vida encontraba alguno. Prolongó el apretón hasta que Denton, bajo la influencia del espejo, hubo retirado su mano. Entonces, el hombre se puso pensativo, escupió con energía en la plataforma, y volvió a su discurso.

—Lo que quería decirle es esto… —dijo.

Se embrolló, meneó la cabeza, mirándose los pies. La curiosidad de Denton se despertó.

—Le oigo a usted —dijo, atento.

El hombre sé decidió, tomó el brazo de Denton y adoptó una actitud confidencial.

—Dispense usted —dijo—. El hecho es… que usted no sabe cómo golpear… no sabe usted nada de eso… ¡Qué! No sabe usted ni comenzar… Así, se hará usted matar… Hay que poner las manos… así.

Reforzaba sus explicaciones con palabras enérgicas, examinando, con ojo avizor, el efecto de cada interjección.

—Por ejemplo, usted es alto… brazos largos… alcanza usted más lejos que nadie… ¡Canastos! Yo creí… que iba a recibir una buena… En vez de eso… ¡Dispense usted!… Yo no lo habría golpeado a usted, si hubiera sabido… Era como pelear con un saco… Eso no es leal… Sus brazos parecían colgados de ganchos… ¡seguro! colgados de ganchos.

Denton le escuchaba; después, prorrumpió en una risa repentina que le hizo sentir en la barba magullada un violento dolor. Lágrimas amargas subieron a sus ojos.

—Continúe usted —dijo.

El hombre volvió a su fórmula. Tuvo la amabilidad de decir que la apariencia de Denton le agradaba, y hasta le afirmó que se había mostrado sumamente valeroso; pero el valor no basta… eso no sirve de gran cosa si uno no sabe emplear sus puños.

—Lo que quería decir es esto —repuso—: déjeme usted enseñarle cómo se golpea… sólo un golpe. Usted está ignorante, no ha aprendido: pero podría usted llegar a portarse bien si le enseñaran… Eso es lo que yo quería decir.

—Pero… —dijo Denton, titubeante—: yo no podría darle a usted nada.

—Otra vez usted con su distinción —dijo el hombre—, ¿quién le pide a usted nada?

—Pero ¿el tiempo que perderá usted?

—Si no aprende usted a golpear como es debido, lo matan a usted… No se preocupe usted de lo demás.

—No sé —dijo Denton, pensativo.

Miró la cara del hombre sentado a su lado toda su rudeza natural se le apareció, y le hizo sentir una repulsión repentina, por su pasajera amabilidad. No podía creer que le fuera necesario deber un servicio a semejante ser.

—Los mozos de allá están siempre pegando… siempre… y naturalmente, si alguno entra en cólera y le echa a perder a usted un buen lado…

—¡Buen Dios! —exclamó Denton—. ¡Ojalá!

—Entonces, sí esa es la idea de usted… Usted no comprende.

—Puede muy bien ser que no —dijo el hombre.

Se calló y asumió una expresión irritada. Cuando habló de nuevo su voz era menos amistosa, y dando un empellón a Denton para llamarle mejor la atención:

—¡Oiga usted bien! —exclamó—. ¿Quiere usted que le enseñe a golpear, sí o no?

—Es usted en extremo amable —dijo Denton— pero…

Hubo una pausa. El hombre se levantó e inclinándose hacia Denton, le dijo:

—¡Demasiado distinguido, eh! Demasiado distinguido siempre… Yo tengo el cutis rojo… ¡Buen Dios! Usted es… ¡Usted es un completo imbécil!

Volvió los talones, y Denton comprendió inmediatamente la verdad de este último apóstrofe.

El hombre descendió con dignidad a una vía transversal, y Denton, después de haber tenido la intención de perseguirle, permaneció en la plataforma. Por un momento ocuparon su mente los sucesos que acababan de ocurrir. En un solo día, su virtuoso sistema de resignación había sido destruido irremediablemente. La fuerza bruta, final y fundamental, había trastornado con su intervención enigmática todos sus cálculos, sus glorias y su resignación. Aunque estaba cansado y tenía mucha hambre, no fue, directa mente al hotel de la Compañía, donde debía en centrarse con Elisabeth.

Notó que comenzaba reflexionar, de lo que tenía gran necesidad y así, envuelto en una monstruosa nube de meditaciones, recorrió dos veces el circuito de su plataforma móvil.

Uno puede figurárselo: desgraciado ser aterrado que tornaba con la plataforma móvil con una velocidad de ochenta kilómetros por hora, en derredor de la ciudad brillante y tornante, la cual, ella también, daba vuelta, en el espacio por la órbita del planeta a millares de kilómetros por hora, mientras él procuraba comprender por qué su corazón y su voluntad continuaban sufriendo y viviendo.

Cuando, por fin, se encontró con Elisabeth, ella estaba pálida y angustiada, Denton habría podido observar que ella también sufría, si no hubiera estado preocupado con sus propias Penas: temía, sobre todo, que quisiera conocer en sus pormenores las injurias que le habían inferido, y manifestara su indignación. La vio abrir enormemente los ojos cuando se le acercó.

—Me han maltratado —dijo, jadeante—. Y eso es demasiado reciente, demasiado violento: no quiero hablar de ello ahora.

Se sentó, con expresión visiblemente lúgubre. Ella lo, contemplaba con asombro, y sus labios palidecieron cuando comprendió el significado jeroglífico de su cara aporreada.

Crispó convulsivamente las manos, sus manos enflaquecidas —ya y cuyos dedos estaban, lastimados por el trabajo.

—¡Qué mundo horrible! —dijo, sin poder decir otra cosa.

En estos días se habían convertido en una pareja muy silenciosa: durante aquella noche apenas cambiaron algunas palabras, y cada cual siguió el hilo de sus propias ideas. Al amanecer, cuando Elisabeth estaba ya despierta, Denton, que había descansado tan tranquilo como un muerto, se alzó a su lado, bruscamente.

—¡No puedo soportarlos!… ¡No quiero soportarlos! exclamó.

Ella, lo distinguía, vagamente, sentado.

El puño de Denton se lanzó hacia adelante, como para dar un golpe furioso en la oscuridad. Después, por un momento se quedó tranquilo.

—¡Esto es demasiado!… ¡Es más de lo que se puede sufrir!

Elisabeth no sabía qué decir. A ella también le parecía que no se podía ir mucho más lejos. Esperó un largo intervalo de silencio, mirando la silueta de

Denton sentado, con las manos cruzadas en las rodillas, sobre las cuales casi apoyaba la barba.

Denton rompió a reír.

—¡No! —declaró por fin—. Quiero soportarlo. Es una cosa necesaria. Nosotros no somos capaces de suicidarnos: de ninguna manera. Supongo que los que han llegado a, eso lo han sufrido, y nosotros lo sufriremos hasta el fin.

—Elisabeth reflexionó tristemente, y comprendió que eso era igualmente cierto.

—¡Iremos hasta el fin! ¡Cuando uno piensa en todos los que han sufrido la misma suerte! ¡Generaciones innumerables!… ¡Innumerables!… Bestezuelas que gruñían y mordían… Gruñir y morder… gruñir y morder… generaciones tras generaciones…

Interrumpió bruscamente su monólogo y no lo reasumió hasta después de un largo rato.

—Ha habido noventa mil años de edad de piedra con un Denton en alguna parte durante ese tiempo. Sucesión apostólica. La gracia de ir hasta el fin. Veamos: noventa… novecientos… tres por nueve, veintisiete… ¡tres mil generaciones de hombres!… hombres, más o menos. Y todos peleaban, recibían heridas sufrían humillaciones, y se mantenían firmes sin embargo; lo soportaban todo, resistían… Y millares más que vendrán… ¡millares!… Ir hasta el fin… Yo me pregunto, ¿si los que vendrán nos guardarán agradecimiento?…

Su voz adquirió un tono argumentativo.

—Si se pudiera encontrar algo definido… Si se pudiera decir: he aquí la razón… he allí por qué esto continúa… Se calló. Los ojos de Elisabeth llegaron lentamente a distinguirle en las tinieblas, y por fin pudo ver de qué manera estaba sentado, con la cabeza en las manos. Sintió la impresión de la enorme distancia que separaba a su mente de la de él; la vaga sugestión de un ser diferente le pareció la imagen de su inteligencia mutua. ¿En qué pensaba él en ese instante? ¿Qué iría a decir? Un tiempo interminable pareció transcurrir antes de que Denton continuara suspirando:

—¡No!… ¡No, no lo comprendo!

Después hubo otro intervalo, y él repitió su frase, pero esta vez en un tono casi concluyente. Elisabeth notó que se preparaba a tenderse de nuevo: observó sus movimientos y vio, con sorpresa, de qué manera cuidadosa arreglaba su almohada para estar cómodo.

Denton se echó con un suspiro de contento. Su acceso había pasado: ya no se volvió a mover, y pronto su respiración fue regular y profundo. Pero

Elisabeth permaneció con los ojos enteramente, abiertos en las tinieblas, hasta que el sonido de una campana y la luz que brotó repentinamente de la lámpara eléctrica les advirtió que la Compañía del Trabajo los necesitaba para un nuevo día de labor.

Ese día, Denton tuvo una querella con Whitey el albino y con el hombrecillo de la cara astuta. Blunt, el robusto artista en pugilato, dejó que Denton midiera el alcance de su lección, pero después intervino, no sin ciertos humos de protector.

Suelta su cabello y déjale tranquilo —ordenó con su bronca voz y abundantes invectivas. ¿No ves que no sabe pelear?

Denton, tendido vergonzosamente en las cenizas, comprendió que necesitaba, al fin y al cabo, aceptar las lecciones del otro. Se levantó, se acercó directamente a Blunt, y sin tergiversar le pidió disculpa.

—He sido un tonto, y usted tenía razón —dijo—, y si no es demasiado tarde…

Por la noche, después del trabajo, Denton acompañó a Blunt hasta unas bóvedas desiertas, atestadas de inmundicias, bajo el puerto de Londres, para aprender allí los rudimentos del gran arte de maltratarse, tal como había sido perfeccionado por los habitantes de las vías inferiores, es decir: cómo golpear a un hombre con el puño o con el pie, de manera de herirle atrozmente o de magullarle cruelmente; cómo dar un golpe vital; de qué manera distribuye uno vidrio en sus vestidos y se sirve de él como de una maza; cómo se hace brotar la sangre con algunos utensilios; cómo se previenen y se engañan las intenciones del adversario; en resumen, todas las agradables estratagemas que habían inventado los desheredados de las enormes ciudades de los siglos XX y XXI aparecían ante Denton, expuestas por un profesor competente. Blunt perdió sus falsa vergüenza al cabo de algunas lecciones, y asumió cierta dignidad experta, una especie de consideración paternal. Trataba a Denton con grandes miramientos, contentándose con tocarlo de vez en cuando para mantener su ardor, y rompiendo a reír cuando, con un golpe hábil, Denton le ensangrentaba las mandíbulas.

—Nunca me protejo la boca —decía Blunt, confesando su debilidad—; nunca… Por otra parte, no es importante eso de que le golpeen a uno la boca, con tal de que la barba no reciba ningún golpe. El sabor de la sangre es siempre bueno… siempre, pero mejor será que no lo toque a usted más…

Denton fue a acostarse, agotadas sus fuerzas, y se despertó al amanecer, con los miembros doloridos y en todas sus contusiones un agudo ardor. ¿Valía la pena continuar viviendo? Escuchó la respiración de Elisabeth, y pensando que había debido despertarla la noche anterior, se quedó inmóvil. Sentía una infinita repugnancia por las nuevas condiciones de su vida. Experimentaba por todo aquello odio, hasta odiaba al salvaje benefactor que lo habla protegido tan generosamente. La superchería monstruosa de la civilización se extendía completamente ante sus ojos: la veía, con una exageración de loco, producir en las clases inferiores un, torrente creciente de salvajismo, y arriba, una distinción más y más frívola y una ociosidad más y más ingenua. No veía razón alguna de liberación, ningún sentimiento de honor, sea en la vida que él había llevado antes, sea en aquella en que había caído ahora. La civilización se presentaba como algún producto catastrófico que no tenía con los hombres, sino en el papel de víctimas que a éstos tocaba, otra relación que la que tiene con ellos un ciclón o un choque de planetas: él mismo, y por consiguiente toda la humanidad, parecía vivir absolutamente en vano. Su mente buscaba extraños expedientes de evasión, si no para sí mismo, por lo menos para Elisabeth; pero se los proponía a sí mismo para sí mismo.

¿Buscaría a Mwres y le contaría el desastre que los habla hundido? Entonces se dio cuenta, con asombro, de cuán definitivamente lejos de su alcance estaban ya Mwres y Denton. ¿Dónde estaban? ¿Qué hacían? De allí pasó a pensamientos de completo deshonor, y, finalmente, sin elevarse en modo alguno de ese tumulto mental, pero terminándolo como el alba termina las tinieblas se impuso la clara y evidente solución de la noche anterior: la convicción de que necesitaba ir hasta el fin, de que sin otra ambición y debiendo estar a la altura de todas sus ideas y de toda su energía, necesitaba mantenerse en pie para luchar entre sus semejantes y cumplir su tarea como un hombre.

La lección de esa noche fue quizá menos terrible que la del día anterior; la tercera fue hasta soportable, pues Blunt le acordó algunas alabanzas. Al cuarto día, Denton notó que el hombre de la cara astuta era un cobarde. Una quincena de días tranquilos transcurrió, con las lecciones febriles repetidas noche a noche: Blunt, con toda especie de blasfemias, aseguraba que nunca había encontrado un discípulo tan listo, y Denton soñaba todas las noches con patadas, quites, ojos reventados y golpes hábiles.

Durante ese tiempo no tuvo que sufrir ningún insulto, porque todos temían a Blunt: después llegó la segunda crisis.

Un día se ausentó Blunt, más tarde confesó que lo habla hecho deliberadamente, y durante las horas fatigosas de mañana, Whitey esperó con visible impaciencia el intervalo del descanso: ignorante de las lecciones de pugilato recibidas por Denton, empleó el tiempo en anunciarle, así como a los demás, ciertas intenciones desagradables que su mente abrigaba.

Whitey no era popular, y los siervos de la bóveda no sentían más que un interés lánguido al oírle asustar al novato; pero las cosas cambiaron cuando la tentativa que hizo Whitey de abrir las hostilidades dando a Denton un puntapié en plena cara, fue contenida en el instante por un cabezazo perfectamente dado, Que hizo describir al pie de Whitey una órbita completa y envió su cabeza a unirse en el montón de cenizas que había recibido otra vez la de Denton Whitey se levantó, un poco más descolorido, y vociferando blasfemias trató de dar algunos golpes peligrosos. Hubo pases indecisos, abrazadas que aumentaron la evidente perplejidad del albino, y después la lucha, terminó en un grupo:

Denton empuñaba a Whitey por la garganta y lo sujetaba con una rodilla sobre el pecho. Su adversario, con la cara ennegrecida—, a lengua fuera y los dedos destrozados, se esforzaba en explicar que había habido un error mediante sonidos roncos. Por lo demás, se veía que nunca había habido para los espectadores un personaje más popular que Denton.

Éste, con las precauciones necesarias, soltó a su antagonista y se puso de pie: le parecía que su sangre se había transformado en una especie de fuego fluido, sus miembros le parecían ligeros y sobrenaturalmente vigorosos. La idea del que era un mártir de la civilización mecánica se había desvanecido de su mente: era un hombre en el mundo de los hombres.

El hombrecito de la cara astuta fue el primero en darle una satisfactoria palmada en el hombro. El prestador de aceiteras rebosaba de felicitaciones sinceras.

Denton no podía creer que alguna vez había pensado en la desesperación, y estaba convencido de que no sólo debía ir hasta el fin, sino también de que lo podía. Se sentó en la cama de tijera, y empezó a explicar a Elisabeth ese nuevo punto de vista. Un lado de su figura estaba magullado. En cuanto a ella, no acababa de pelear, no había sido felicitada, nadie le había dado golpecitos familiares en el hombro, no tenía dolorosos chichones en la cara; pero estaba pálida y tenía en las comisuras de los labios algunas arrugas más. En todo compartía la suerte de las mujeres. Fijamente, contemplaba a Denton en su nuevo papel de profeta.

—Yo siento que hay algo —decía él—, algo que avanza... un ser de vida en el cual vivimos nosotros, nos movemos y existimos; algo que ha comenzado hace cincuenta, cien millones de años tal vez, que continúa... sin cesar... creciente... extendiéndose a cosas más allá de nos otros... cosas que nos justificarán a todos... que explicarán y justificarán mis batallas... mis contusiones y todo el sufrimiento que me causan... Es el cincel... sí, el cincel del Creador... Si siquiera me fuese posible hacerte sentir lo que quiero... ¡si lo pudiera!... ¡Tú lo querrías, mi amada, sé que lo querrías!

—No —contestó ella en voz baja—; ¡no, no lo quiero!

—Pero yo habría creído…

—No —dijo ella, meneando la cabeza yo también he pensado… y lo que dices… no me convence.

Lo miró resueltamente, cara a cara.

—Aborrezco todo eso —dijo, con una angustia en la garganta—; tú no comprendes, no reflexionas. Hubo un tiempo en que tú hablabas y yo, te creía. Ahora, soy más avisada. Tú eres un hombre, puedes luchar, abrirte el camino a viva fuerza. Poco te importan los golpes; puedes ser grosero y brutal y ser siempre un hombre. Sí… eso te forma… eso te forma… tienes razón… pero la mujer no es así… nosotras somos diferentes; se nos ha civilizado demasiado temprano, este mundo inferior no es para nosotras… ¡Lo aborrezco! —continuó, después de un silencio—, ¡odio esta horrible cama!…

La odio más que… más que… a la peor de las cosas que pueden suceder. Los dedos me duelen sólo de tocarla, mi piel la repugna. ¡Y las mujeres!

V

Bindon interviene.

Bindon, en su juventud, se había lanzado a las especulaciones y había tenido buen resultado en tres operaciones brillantes. En seguida había tenido la prudencia de abandonar ese juego, y la pretensión de creerse un hombre muy hábil. Un cierto deseo de influencia y de reputación lo hizo, interesarse en las intrigas de la ciudad gigante, y concluyó por ser uno de los más influyentes accionistas de la Compañía dueña de las plataformas donde tocaban los aeroplanos que llegaban de todas las partes del mundo. Su actividad pública se limitaba, a esta ocupación, y en su vida privada, era un hombre de placeres. He aquí ahora la historia de su corazón.

Antes de lanzarnos a semejantes abismos, tenemos que consagrar algunos momentos al aspecto de su persona. Su base física era endeble y pequeña; su cara, de facciones finas corregidas por afeites, variaba de expresión desde una complacencia poco segura a una turbación inteligente. Su cara y su cráneo habían sido opilados, conforme a la moda higiénica de la época, de manera que el color y la forma de su cabellera se modificaban según sus frecuentes cambios de traje.

A veces se inflaba con vestidos neumáticos de moda pasada. En la amplitud de ese ropaje y dentro de un cubrecabeza translúcido y luminoso ¡Su mirada acechaba celosamente las muestras de respeto de la gente menos elegante!

Otras veces, hacía lucir su esbelta fragilidad en vestidos ajustados, de raso negro: para tener mayor dignidad, se prendía unos anchos hombros neumáticos de los que pendía un manto de seda de la China, de pliegues cuidadosamente arreglados. Un Bindon clásico, con un traje rosado ajustado, era, también un fenómeno transitorio en la eterna mascarada del destino. En el tiempo en que esperaba poder casarse con Elisabeth, había procurado impresionarla y cautivarla, y quitarse al mismo tiempo algo del fardo de sus cuarenta años, vistiéndose según la última palabra de la fantasía contemporánea: un traje de materia elástica con unos como cuernos y jorobas extensibles, que variaban de color a cada paso mediante tina ingeniosa disposición de cromatóforos cambiantes. Sin duda, si el afecto de Elisabeth no hubiera estado ya monopolizada por el indigno Denton, y sus gustos no hubieran tenido tendencias raras a las modas caducas, esa invención extraordinariamente chic la habría encantado.

Bindon había consultado, al padre de Elisabeth antes de presentarse con esa vestimenta (era de aquellos hombres que invitan siempre a apreciar su traje), y Mwres le había declarado que en él veía la personificación misma de lo que un corazón de mujer puede desear. Empero, el asunto del hipnotizador probó que su conocimiento del corazón femenino era incompleto.

Bindon había tenido la idea de casarse algún tiempo antes de que Mwres hubiera puesto en su camino la juventud rozagante de Elisabeth. Uno de los secretos que Bindon acariciaba con mayor cuidado era, el de que tenía dotes especiales para una vida pura y simple, de un género sumariamente sentimental. Esta idea comunicaba una especie de seriedad patética a los excesos chocantes, pero perfectamente insignificantes, que se complacía en considerar como, perversidades audaces y que un cierto número de personas honradas eran bastante imprudentes para tratar, de esa ventajosa manera. A consecuencia de aquellos excesos, y quizá también de una propensión hereditaria a una caducidad precoz, enfermó seriamente del hígado, y cada vez que viajaba en los aeroplanos, sufría indisposiciones que se agravaban más y más. Durante una convalecencia de un prolongado ataque bilioso fue cuando se le ocurrió la idea de que, a despecho de todas las terribles fascinaciones del vicio, si encontraba una joven hermosa, amable y buena, de un género moderadamente intelectual y que le consagrara su vida, de aún ser rescatado del mal y hasta crear podría una familia vigorosa para consuelo de su vejez. Pero, como tantos otros que tienen la experiencia del mundo, dudaba de que hubiera una mujer buena: de todas aquellas de quienes se les había hablado fingía dudar, y las temía íntimamente.

Cuando el ambicioso Mwres lo presentó a Elisabeth, le pareció a Bindon que su dicha era completa. Inmediatamente se enamoró de la joven. Además, nunca había cesado de estar enamorado, desde la edad de dieciséis años, según las recetas extremadamente variadas que se encuentran en las literaturas acumuladas en numerosos siglos. Mas esta vez era diferente: su amor era verdadero. Le parecía que este nuevo sentimiento hacía brotar todas las bondades secretas de su naturaleza; sentía que por el amor de esa joven abandonaría un género de vida que había producido ya los más graves trastornos en su sistema nervioso y en su hígado. Para ella, nunca sería sentimental ni tonto, pero sí siempre un poco cínico y amargo, cual convenía a su pasado. Sin embargo, estaba seguro de que ella tendría la intuición de su bondad y de su grandeza verdaderas, y cuando hubiera llegado el momento, le confesaría muchas cosas, confiaría a su lindo oído escandalizado, pero sin ninguna duda indulgente, lo que consideraba como su perversidad, mostrándole qué combinación de Goethe, de Benvenuto Cellini, de Shelley y de todos esos otros individuos era él en realidad. Para prepararse a eso, la cortejó con una sutileza, con un respeto infinito.

La reserva con la cual Elisabeth lo acogió, no le pareció ni más ni menos que una modestia exquisita, retocada y realzada por una ausencia de ideas igualmente exquisita.

Bindon nada sabía de los afectos vagabundos de la joven, o ignoraba la tentativa hecha por Mwres, de utilizar el hipnotismo para corregir aquella digresión del corazón femenino: se figuraba que estaba en los mejores términos con Elisabeth y le había ofrecido, con buen éxito, diversos presentes significativos, joyas y cosméticos los más eficaces, cuando su fuga con Denton llegó a trastornar, para él, todo el mundo. Su primera impresión fue una ira mezclada de vanidad herida, y como Mwres era la persona más calificada para eso, le hizo sufrir los primeros efectos de su furor.

Inmediatamente fue en busca del padre desconsolado y lo insultó groseramente; después pasó el día en recorrer activa y resueltamente la ciudad, visitando a determinadas personas para tratar concienzudamente, y con un éxito parcial, de arruinar a ese especulador matrimonial. El resultado de esta actividad fue para él una diversión temporal: se dirigió al refectorio que había frecuentado en sus días de disipación, en una disposición de ánimo de qué se me da a mí y como demasiado copiosa y alegremente con otros dos jóvenes dorados, también, de cuarenta años. Abandonada la partida: ninguna mujer era digna de afecto, y él mismo se admiró del despliegue de chispeante cinismo de que dio pruebas. Uno de sus comensales, incitado por el vino, aludió en términos burlescos al desencantó de Bindon, pero éste no sintió la menor mortificación.

Al día siguiente, tenla el humor y el hígado muy irritados.

Hizo pedazos su fonógrafo noticioso, despidió a su criado y resolvió perpetrar una venganza terrible en Elisabeth, o en Denton, o en cualquier otro: de todos modos su venganza sería terrible, y su amigo que la víspera se había mofado de él no le vería ya bajo el aspecto de una joven persona insensata. Sabía que Elisabeth debía recibir una cantidad de dinero, y que ésta constituirla todos los recursos de la joven pareja hasta que Mwres se ablandara. Si Mwres no se dejaba enternecer, si sobrevenían cosas desfavorables a la pequeña empresa en la cual estaban cifradas las esperanzas de Elisabeth, la pareja tendría malos cuartos de hora que pasar, y estaría después suficientemente dispuesto a ceder a las malas tentaciones. La imaginación de Bindon, abandonando enteramente su bello idealismo, se engolfó en ese pensamiento de tentaciones perversas. Bindon se representaba a sus propios ojos como el implacable, el tenebroso, el poderoso hombre opulento, perseguidor de aquella virgen que lo había desdeñado. De improviso, la imagen de la joven surgió en su mente, viva e insistente, y, por primera vez en su vida, se dio cuenta del verdadero poder de la pasión.

Su imaginación se mantuvo aparte, como un lacayo respetuoso que había cumplido con su deber al hacer entrar la emoción.

—¡Buen Dios! —gritó Bindon—; mía será… ¡aun cuando deba perder en ello cuanto tengo, y matarme después! ¡Y aquel sujeto!…

Después de una entrevista con su médico el cual le recetó, bajo la forma de drogas amargas, una penitencia por sus excesos de la víspera, un Bindon amansado, pero absolutamente resuelto, se puso a buscar a Mwres. Lo encontró por fin, limpiamente arruinado, pobre y humilde, entregado a su frenético instinto de conservación, dispuesto a venderse en cuerpo y alma, a expensas de su hija desobediente, para recuperar en el mundo su situación perdida. En la discusión razonada que siguió, se convenció de que los dos jóvenes extraviados serían abandonados y que se les dejaría caer en la miseria, y hasta de que la influencia financiera de Bindon contribuiría a esa disciplina mejoradora.

—¿Y entonces? —dijo Mwres.

—Entonces, se dirigirán a la Compañía del Trabajo —explicó. Bindon—. Vestirán el traje azul.

—¿Y entonces?

—Entonces, ella se divorciará —declaró Bindon—. Y se sentó, reflexionando profundamente sobre esa perspectiva.

En esa época, las austeras restricciones del divorcio habían sido ya aflojadas extraordinariamente, y una pareja se podía separar con mil pretextos diferentes.

De repente, Bindon se asombró él mismo, y dejó estupefacto a Mwres, al ponerse de pie bruscamente de un salto.

—¡Se divorciará! —exclamó—. Yo lo quiero ¡haré todo lo que pueda para ello! ¡Pardiez! ¡Tiene que hacerlo! ¡Él será deshonrado, envilecido, para que ella lo deje! ¡Será aplastado y pulverizado!

Esta idea de aplastar y pulverizar a su rival lo sobreexcitó más. Se puso a, pasearse majestuosamente de un lado a otro.

—¡Mía será! —gritó—. ¡Quiero que sea mía! ¡El cielo y el infierno juntos no podrán quitármela!

Su exaltación se desvanecía a medida que le daba expresión, y al fin no quedó en él más que un mero histrión.

Asumiendo una postura, soportó, con heroica voluntad, una dolorosa punzada en el lado del diafragma. Mwres permanecía sentado, con su capa neumática agujereada, y muy visiblemente impresionado.

Así, con una tranquila persistencia, Bindon se dio por tarea el ser la providencia maligna de Elisabeth, sirviéndose, con ingeniosa destreza, de las menores ventajas que la fortuna daba, en esos tiempos, al hombre sobre su prójimo.

Un recurso que buscó en los consuelos de la religión en nada estorbó sus operaciones. A menudo iba a conversar con un sacerdote inteligente, experimentado y simpático, perteneciente a la Secta Huysmanita del Culto de Isis, acerca de todos los pequeños procedimientos irracionales que se complacía en considerar como maldades que debían consternar al Cielo el simpático, experimentado e inteligente sacerdote, que representaba al Cielo consternado, le insinuaba, con una divertida afectación de horror, penitencias sencillas y fáciles, y le recomendaba una fundación monástica aireada, fresca, e higiénica, en manera alguna vulgarizada para el uso de los pecadores arrepentidos que padecían de trastornos digestivos y pertenecían a la clase refinada y rica. Después de esas excursiones, Bindon volvía a Londres, tan activo y apasionado como antes. Maquinaba sus intrigas con una energía en verdad sorprendente, e iba a colocarse en cierta galería situada arriba de las vías móviles y desde la cual podía verla entrada de los cuarteles de la Compañía del Trabajo y en particular la del barrio en que se asilaban Denton y Elisabeth. Un día, por fin, vio a Elisabeth que entraba, y al verla su pasión se reanimó.

Había llegado el momento en que los ardides de Bindon producían su fruto, y fue a ver a, Mwres para informarle de que los dos jóvenes estaban muy cerca de la desesperación.

—Ésta es la ocasión —declaró—, de que usted ponga en juego su afecto paternal. Hace ya varios meses que Elisabeth lleva el traje azul. Han vivido hacinados en uno de esos cuarteles de la Compañía del Trabajo, y su hijita ha muerto.

—Elisabeth sabe ahora lo que su marido vale para ella; cómo la protege ¡pobre muchacha! Ahora debe ver las cosas bajo un aspecto más claro. Vaya usted a verla, yo no quiero aparecer todavía en este asunto, y demuéstrele usted lo necesario que es que se divorcie...

—Es obstinada —dijo Mwres en tono de duda.

—¡Imaginación! Es una excelente niña ¡una excelente niña!

—Se negará.

—Naturalmente; pero déjela usted reflexionar, dele usted el medio de decidirse, y un día... en su cuartucho asfixiante, con esa vida repugnante y penosa, infaliblemente... reñirán, y entonces...

Mwres meditó sobre el asunto, e hizo lo que el otro le decía.

Entonces Bindon, como lo había convenido con su consejero espiritual, se fue a un retiro. El lugar de retiro de la Secta Huysmanita estaba situado en un paraje soberbio, donde se respiraba el aire más puro de Londres, alumbrado por la luz natural del sol y con prados rectangulares de verdadero césped al aire libre; lugar en que el hombre de placer que iba en penitencia podía a la vez gozar de todas las delicias del farniente y de todas las satisfacciones de tina austeridad distinguida. Salvo su participación en el régimen sencillo y sano de la casa y en ciertos cantos magníficos, Bindon pasaba el tiempo en meditar acerca de Elisabeth y sobre la extrema purificación que su alma había experimentado desde que vio a la joven por primera vez: se preguntaba, si no obstante el pecado próximo de su divorcio, podría obtener del, sacerdote experimentado y simpático, una dispensa para casarse con ella, y entonces...

Bindon se recostaba en un pilar y se sumía en divagaciones sobre la superioridad del amor virtuoso con respecto a toda otra forma de indulgencia. Una curiosa sensación en la espalda y en el pecho, procuraba llamarle la atención: era una predisposición a calores bruscos y a escalofríos; una impresión general de malestar y de trastornos subcutáneos que él hacía cuanto podía por no conocer, perteneciente todo al otro hombre de que se despojaba.

Cuando hubo concluido su retiro, fue inmediatamente a ver a Mwres para pedirle noticias de Elisabeth. Mwres tenía la completa convicción de ser un padre ejemplar, cuyo corazón estaba profundamente afectado por el infortunio de su hija.

—Estaba pálida —dijo, con viva emoción—, estaba pálida.

Cuando le pedí que se viniera conmigo, que dejara al otro y fuera feliz, puso los codos en la mesa y lloró.

—Mwres resopló. Su agitación era tan grande que no pudo continuar.

—¡Ah! —dijo Bindon, respetuoso de ese varonil dolor—. ¡Oh! —exclamó en seguida, llevándose bruscamente la mano al costado. Mwres se estremeció, levantó prontamente los ojos desde el fondo de sus dolores.

—¿Qué tiene usted? —dijo, visiblemente inquieto.

—¡Un dolor muy violento, dispense usted! Me hablaba usted de Elisabeth…

Y Mwres, después de algunas palabras de cortés solicitud por los sufrimientos de Bindon, continuó el relato de su diligencia. Ésta permitía, en resumen, una esperanza imprevista.

Elisabeth, después de su primera emoción, al descubrir que su padre no la había abandonado absolutamente, le había comunicado con franqueza sus penas y sus repugnancias.

—Sí —dijo Bindon, radiante—: ¡mía será!

En ese momento sintió una nueva punzada dolorosa.

Para esos dolores interiores el sacerdote era relativamente ineficaz, inclinado como estaba a considerarlos, lo mismo que al cuerpo, como ilusiones mentales que disponían a la contemplación; de modo que Bindon se vio reducido a dar cuenta de su sufrimiento a un miembro de una clase aborrecida por él, a un médico de una reputación y de una descortesía extraordinarias.

—Vamos al examen —dijo el médico.

—Y se entregó a esta operación con la más repugnante brutalidad.

—¿Ha tenido usted algún hijo? —dijo, entre otras preguntas impertinentes, aquel grosero materialista.

—No, que yo sepa —contestó Bindon, demasiado desconcertado para encerrarse dentro de su dignidad.

—¡Ah! —dijo el médico; y continuó la auscultación.

La ciencia médica, en esos tiempos, alcanzaba los comienzos de la precisión.

—Lo mejor para usted sería partir —dijo el médico—, y resignarse a la Eutanasia. Cuanto antes mejor.

Bindon abrió convulsivamente la boca. Había procurado no comprender las explicaciones técnicas y las previsiones a las cuales había dado expresión el médico.

—Pero —dijo— acaso… quiere usted decir que… su ciencia…

—Nada puede en este caso —concluyó el médico. Algunos calmantes… Hasta cierto punto, usted lo sabe, usted mismo ha sido el artesano de su mal.

—Crueles tentaciones me rodeaban en mi juventud.

—No es eso solamente: usted procede de un mal tronco. Aun cuando hubiera tomado usted precauciones, habría pasado usted feos cuartos de hora. El error de usted fue nacer… La indiscreción de los padres… Y usted se ha abstenido de los ejercicios… y de lo demás.

—No tenía a nadie que me aconsejara.

—Para eso son los médicos.

—Yo era un joven lleno de vigor.

—No discutamos: ahora el mal está hecho. Usted ha terminado su vida: nosotros no podemos lanzarlo de nuevo a la circulación. Nunca debió usted ser lanzado. Francamente… la Eutanasia…

Bindon, experimentó, por un instante un sentimiento de violento odio por aquel hombre. Cada palabra del brutal perito hería desagradablemente sus ideas refinadas. ¡Era tan grosero, tan refractario a todas las expansiones más sutiles de la vida! Pero de nada habría servido a Bindon el reñir con un doctor.

—Mis creencias religiosas… —dijo—. Yo desapruebo el suicidio.

—¡Cuando se ha suicidado usted durante toda su vida!

—Pero… con todo… ahora he llegado… a tomar la vida en serio.

—Forzosamente tendrá usted que hacerlo, si continúa viviendo.

Empeorará usted; pues desde, el punto de vista práctico es algo tarde… Sin embargo, si tiene usted esa intención, quizá será mejor para usted que le dé una pequeña mixtura. El mal va a agravarse rápidamente. Esas pequeñas punzadas…

—¡Las punzadas!

—No son más que advertencias preliminares.

—¿Cuánto tiempo puedo tener todavía la esperanza?… Quiero decir… ¿antes de empeorar… seriamente?

—Bien pronto va a comenzar la batalla en usted. Puede ser que dentro de dos días. Bindon trató de discutir para obtener una prorroga; pero en medio de su alegato, se quedó bruscamente con la boca abierta y se llevó la mano al costado. De golpe, la extraordinaria emoción del existir acudió intensa y clara a su mente.

—Es duro —dijo—, infernalmente duro. No he sido enemigo de nadie más que de mí mismo. Con todo el mundo me he portado siempre lealmente.

El médico lo contempló con fijeza durante algunos segundos, sin la menor simpatía. Se decía mentalmente que era una felicidad que no hubiera Bindoncitos que perpetuaran ese género de emoción, pensamiento que le hizo ver el caso con optimismo. En seguida se volvió a su teléfono y prescribió una receta a la Farmacia Central. Una exclamación detrás de él le interrumpió.

—¡Pardiez! —decía Bindon—. ¡A pesar de todo, será mía!

El médico observó, por encima del hombro, la expresión de la cara de Bindon, y modificó su receta.

Tan pronto hubo terminado esta penosa entrevista, Bindon dio libre curso a su ira.

Decidió que ese médico era no solamente un animal odioso y exento de las más elementales maneras sociales, sino además en absoluto incompetente, y fue a ver sucesivamente a otros cuatro doctores, con el objeto de confirmar esta opinión. No obstante, para ponerse en salvo contra las sorpresas, conservó en el bolsillo la receta del primero. Al hablar con cada uno de los otros cuatro médicos, empezó por expresar sus graves dudas acerca de la inteligencia de aquél, sobre su honradez, sus conocimientos profesionales, y después expuso sus síntomas, contentándose con suprimir cada vez algunos hechos materiales. Desde luego, esas omisiones fueron cada vez descubiertas por el médico. A pesar del agrado que les causaba la crítica contra un competidor, ninguno de esos eminentes especialistas quiso dar a Bindon la esperanza de que se escaparía de la angustiosa e irremediable suerte que le amenazaba tan de cerca. Al último con quien habló, lo descargó el fardo de asco por la ciencia médica que so había acumulado en su mente.

—¡Al cabo de siglos y de siglos —exclamó violentamente—, nada podéis hacer, sino admitir vuestra impotencia! Yo os digo: salvadme, y no sois capaces de nada.

—Sin duda, eso es muy duro para usted —dijo el doctor—, pero usted debió tomar, precauciones.

—Pero ¿cómo podía yo saberlo?

—No nos tocaba a nosotros correr tras de usted —contestó el doctor, sacudiéndose un poco de polvo que tenía en la manga de su traje purpúreo—. ¿Por qué habríamos de salvarle a usted, especialmente a usted? ¿Comprende usted? Bajo cierto punto de vista, las personas que tienen una imaginación y pasiones como las de usted, deben desaparecer, deben partir.

—¿Partir?

—Morir… extinguirse… la vida es un reflujo.

Ese doctor era un joven, de rostro tranquilo. Sonrió a Bindon.

—Nosotros continuamos nuestros estudios ¿comprende usted? damos consejos a la gente que tiene el buen sentido de venir a pedírnoslo, y esperamos el momento propicio. ¡El momento propicio! …

—Todavía no somos bastante fuertes para asumir la entera dirección, como usted comprenderá.

—¿La dirección?

—¡Oh! No tema usted: la ciencia es todavía joven; para desarrollarse necesita algunas generaciones más. Nosotros sabemos actualmente lo suficiente para estar seguros de que aún no sabemos lo bastante… Pero, de todos modos el momento se acerca. Usted no lo verá. Aquí para internos, vosotros los hombres ricos y personajes influyentes, con vuestra comedia de pasión, de patriotismo, de religión y de todo lo demás… habéis conseguido por último embrollar malamente las cosas ¿no es verdad?… ¡Esas Vías Inferiores!… ¡Y todos esos antros populosos!…

—No pocos de los nuestros se figuran que con el tiempo llegaremos a saber lo bastante para exigir un poco más que ventilaciones y cloacas. Los conocimientos adquiridos se amontonan todos los días ¿comprende usted? No cesan de crecer. No hay necesidad alguna de darse prisa todavía durante una o dos generaciones. Algún día… los hombres vivirán de manera diferente… pero algunos morirán antes de que llegue ese día —concluyó, observando a Bindon con ojos pensativos.

Bindon trató de hacer comprender a ese joven cuán estúpido o inconveniente era expresarse en tales términos delante de un hombre enfermo como él, y cuán impertinente el impolítico era para con él, hombre de edad, que ocupaba en los círculos oficiales una posición extraordinariamente poderosa o influyente. Insistió en el hecho de que un médico recibía la paga para curar a la gente, apoyó fuertemente la voz en la palabra paga, y que no tenía por qué ocuparse, ni incidentalmente, de esas otras cuestiones.

—Puede ser —dijo el joven—; pero sin embargo nos ocupamos de ellas.

Y volvió al tema, lo que hizo perder la paciencia a Bindon.

Su indignación lo hizo regresar a casa. ¡Que esos importunos ignorantes, incapaces de salvar la vida a un hombre influyente como él, se atrevieran a soñar con desposeer algún día a los legítimos poseedores del dominio social, con infligir al inundo quién sabe qué tiranía! ¡Al diablo la ciencia!…

Durante un rato se desató contra esa perspectiva intolerable, pero después reapareció su dolor y le hizo acordarse de la medicina del primer doctor. Felizmente la había guardado en el bolsillo, e inmediatamente tomó una dosis.

Esa poción lo calmó, lo apaciguó mucho. Pudo sentarse en un sillón más cómodo, al lado de su biblioteca de aparatos fonográficos, y reflexionar sobre el nuevo aspecto de las cosas. Su indignación pasó, su cólera y su furor se derrumbaron bajo el efecto sutil de la poción: un sentimentalismo tierno gobernó sus ideas. Contemplaba en su derredor su departamento magnífico y voluptuosamente arreglado, sus estatuas y sus cuadros discretamente velados, y todos los testimonios de una perversidad elegante y cultivada; tocó un botón y los melancólicos acentos de la flauta del pastor de Tristán e Isolda llenaron el cuarto. Sus ojos vagaban de un objeto a otro. Todo aquello le había costado caro; esos chiches eran lujosos y de mal gusto, pero eran suyos. Representaban en una forma concreta su ideal, sus concepciones de la belleza, su idea de todo lo que es precioso en la vida.

Ahora, como cualquier hombre común, tenía que dejar todo eso. Sentía la impresión de que era una llama delicada y tenue que se extinguía. Toda vida debía consumirse y extinguirse así, pensaba. Los ojos se le llenaron de lágrimas.

—El pensamiento repentino de que estaba solo le asaltó.

¡Nadie se preocupaba de él! Podía, un momento a otro, empezar a agonizar.

Aun en el caso de que se pusiera a gritar y rugir, nadie acudiría. Según todos los doctores, había excelentes razones para creer que dentro de un día o dos estaría en la agonía. Se acordó de lo que su consejero espiritual le había dicho de la declinación de la fe y de la fidelidad, de la degeneración de la época. Se consideró como una prueba conmovedora de esa decadencia: él, el sutil, el capaz, el importante, el voluptuoso, el cínico, el complejo Bindon, rugiendo de angustia, y ni una sola criatura en el mundo entero lloraría por simpatía hacia su persona. Ni una alma sencilla y fiel que estuviera allí… ¡ningún pastor que tocara tonadas enternecedoras! ¿Todas las criaturas fieles y sencillas habían desaparecido de esta tierra insensible y ruda? Se preguntó si la muchedumbre horrible y vulgar que recorría perpetuamente la ciudad podía saber lo que él pensaba de ella: si lo sabía, estaba seguro de que algunos de entre el gran número querrían hacerle tener una opinión mejor. Ciertamente, el mundo iba de mal en peor: ya era imposible para los Bindon vivir en él. Tal vez algún día… Estaba persuadido de que la única cosa que le había faltado en la vida era una simpatía. Por un momento sintió no dejar escritos sonetos, no dejar cuadros enigmáticos o algo de ese género que perpetuara su memoria hasta que por fin apareciera el espíritu capaz de comprenderle...

No podía creer que lo que se acercaba era la extinción.

Sin embargo, su simpático guía espiritual había hablado sobre ese punto en forma enojosamente vaga y simbólica. ¡Al diablo la ciencia! Ella había socavado toda fe, toda esperanza.

¡Marcharse!... Desaparecer del teatro y de la calle, de sus ocupaciones y de los lugares de placer, desaparecer de los ojos adorados de las mujeres ¡y no ser llorado! En resumen, dejar el mundo más feliz.

Pensó que nunca había tenido el corazón en la mano. Al fin y al cabo ¿no había sido demasiado antipático? Pocas personas podían sospechar cuán profundamente sutil era bajo la máscara de su alegría cínica. No querían comprender qué pérdida sufrían. Elisabeth, por ejemplo, no había sospechado...

Había reservado este tema. Sus pensamientos, cuando hubieron llegado a Elisabeth, gravitaron en torno de ella algún tiempo. ¡Cuán poco lo había comprendido Elisabeth!

Este pensamiento se le hizo intolerable. Ante todo, necesitaba terminar por ese lado. Se dio cuenta de que todavía tenía algo que hacer en la vida: su lucha contra Elisabeth no había concluido aún. Ya no podría jamás vencerla como lo habla esperado y deseado tanto; pero, podía todavía producirle una impresión indeleble.

Se complació en esa idea. Podría, impresionarla profundamente, de suerte que conservara por siempre el sentimiento de haberle tratado mal. Aquello de que había que convencerla primero era su magnanimidad. ¡Su magnanimidad!

Sí, la había amado con una grandeza de alma pasmosa.

Hasta entonces no se había dado cuenta clara de ello. Cierto: iba a legarle cuanto le pertenecía. Comprendió esto de golpe, como una cosa decidida e inevitable. Ella pensaría en lo muy bueno, en lo ampliamente generoso que había sido él; rodeada, gracias a él, de todo lo que hace soportable la vida, se acordaría con un pesar infinito, de su desprecio y de su frialdad. Y cuando quisiera expresar esa pena, tropezaría con una puerta cerrada, contra una inmovilidad desdeñosa, contra un rostro frío y lívido. Cerró los ojos, y se quedó un rato imaginándose cómo sería con un rostro frío y lívido.

De allí pasó a otros aspectos del tema; pero su decisión estaba tomada. Meditó laboriosamente antes de obrar, pues la droga que había absorbido lo inclinaba a una melancolía letárgica y llena de dignidad. En cierto respecto, modificó los pormenores. Si dejaba todos sus bienes a Elisabeth, el legado comprendería la sala voluptuosamente amueblada, lo que él, por muchas razones, no quería. Por otra parte, era necesario legarla a alguien. En esas condiciones embarazosas, se sintió en extremo fastidiado.

Por fin decidió dejarla al simpático intérprete del culto religioso de moda, cuya conversación lo había agradado tanto en los tiempos pasa, dos.

—Por lo menos él comprenderá —dijo Bindon, lanzando un suspiro sentimental—. Él sabe lo que el mal significa; concibe lo que es la Prodigiosa Fascinación de la Esfinge del Pecado. Sí, él comprenderá.

Con esta frase, se complació Bindon en decorar ciertas faltas de conducta, funestas e indignas, a las cuales lo habían conducido una vanidad mal guiada y una, curiosidad mal dominada. Se quedó un instante pensando en todo lo herético, italiano, nerónico y otras cosas por ese estilo que había sido en su vida. En ese mismo momento… ¿no podría tratar de componer un soneto, una voz penetrante que repercutiría, través de las edades, sensual, perversa y triste? Se olvidó hasta de Elisabeth. En media hora echó a perder tres cilindros fonográficos, tuvo dolor de cabeza, tomó una segunda dosis del remedio para calmarse, y volvió a su magnanimidad y a su primer designio. Por último, abordó el desagradable problema de Denton. Toda su nueva magnanimidad le fue necesaria antes de poder resolverse a aceptarlo; pero por fin aquel hombre tan grandemente incomprendido, ayudado por su poción sedativa y la cercanía de la muerte, cumplió hasta ese sacrificio. Si excluía en algo a Denton, si atestiguaba la menor desconfianza, si trataba de apartar a aquel joven, Elisabeth podría interpretarle mal. ¡Sí! Le dejaría su Denton.

Su magnanimidad debía ir aún hasta allí, y sobre este punto procuró no pensar más que en Elisabeth.

Se levantó exhalando un suspiro y se dirigió con paso inseguro al teléfono para ponerse en comunicación con su abogado. En diez minutos se hallaba en el estudio de éste, a tres millas de allí, un testamento debidamente redactado y revestido con la marca del pulgar de Bindon por firma.

Después, durante un rato, Bindon se quedó sentado, inmóvil.

De improviso se despertó de un vago ensueño, y con mano investigadora se palpó el costado.

Se paró de un salto, y se precipitó al teléfono. Rara vez había sido llamada la Compañía Eutanasia por un parroquiano que tuviera tanta prisa.

De esta manera fue como Denton y Elisabeth salieron, sin haber sido separados, de la servidumbre penosa en que habían caído. Elisabeth abandonó el antro subterráneo de las laminadoras, de metales, y todas las sórdidas necesidades que llevaba consigo el uniforme azul, como se sale de una pesadilla. La fortuna los volvió a llevar hacia el sol: tan pronto como supieron la noticia de aquella herencia, el solo pensamiento de un nuevo día de labor les fue intolerable.

Por ascensores y escaleras interminables, subieron a los pisos que no habían vuelto a ver desde los días de su desastre.

La primera impresión de Elisabeth fue una embriaguez de libertad. El recuerdo de las Vías Inferiores era para ella un sufrimiento, y sólo al cabo de muchos meses pudo recordar con alguna simpatía a las pobres mujeres degradadas que se habían quedado en las profundidades, contándose escándalos o recuerdos de sus locuras, y gastando sus días en el continuo martilleo.

La elección de la morada que ocuparon en adelante se resintió del gozo vehemente de su liberación. Era un departamento situado en el extremo mismo de la ciudad, y que tenía, sobre la pared exterior, un terrado y un balcón abiertos al viento y al sol, y que dejaban ver el campo y el cielo.

En ese balcón se desarrolla la última escena de esta historia.

Es la hora de la puesta del sol, en verano, y las colinas de Surrey están muy azules y muy claras. Denton, de codos en el antepecho, mira a lo lejos; Elisabeth está sentada a su lado. El panorama se extiende amplio y espacioso a sus ojos, pues el balcón está a quinientos pies sobre el nivel del suelo.

Los terrenos de la Compañía de la Alimentación, quebrados aquí y allá por las ruinas de los antiguos arrabales y cortados por los brillantes canales de desagüe, desaparecen en los matices lejanos al pie de las colinas. Allí era donde en otros tiempos acamparon los hijos de Uyah. En aquellas pendientes lejanas, unas máquinas raras, cuyo uso les era desconocido, trabajaban lentamente y la cresta de la colina estaba coronada de ruedas de ventiladores en reposo. A lo largo del gran camino del Sur, los siervos de la Compañía del Trabajo, en inmensos vehículos mecánicos, volvían aprisa hacia su lugar de descanso, una vez ejecutada su labor cotidiana. En el aire, una docena de pequeños aerópilos privados descendían hacia la ciudad. Si era familiar ese espectáculo a los ojos de Denton y de Elisabeth, habría llenado de un increíble asombro la mente de sus antepasados. Los pensamientos de Denton iban hacia el porvenir, en un vano esfuerzo por imaginarse lo que aquel escenario podría presentar al cabo de otros dos siglos; después, retrocediendo mentalmente, se volvió hacia el pasado.

Dejando a un lado la ciencia creciente de la época, podía figurarse el siglo XIX con sus pequeñas ciudades humosas y sucias, sus estrechos caminos formados sólo con la tierra, sus grandes espacios vacíos, sus suburbios mal organizados y mal construidos; luego, la antigua campiña del tiempo de los

Estuardos, sus aldehuelas y su Londres minúsculo; la Inglaterra de los monasterios, la Inglaterra más antigua aún, de la dominación romana, y antes que eso, una comarca salvaje y en ella, de trecho en trecho, las chozas de algunas tribus guerreras. Esas chozas debieron ser construidas y reconstruidas durante un espacio de tiempo que hacía parecer como de ayer el campo romano y la casa romana, y antes de ese tiempo, aun antes de las chozas, había habido hombres en el valle. Aun entonces tan reciente era todo eso cuando se lo valuaba según las épocas geológicas, ese valle se encontraba allí, y a lo lejos, esas colinas, más altas quizá y nevadas, habían ocupado ese lugar, y el Támesis bajaba de los Costwolds hacia el mar. Pero los hombres no habían sido más que formas humanas, criaturas de tinieblas y de ignorancia, víctimas de las fieras y de las inundaciones, de las tempestades y de las pestes, y del hambre perpetua, y se habían mantenido, inciertos, en medio de los osos y de los leones y de toda la monstruosa violencia del pasado la algunos, por lo menos, de esos enemigos, habían sido domados...

Denton siguió por un rato los pensamientos hacia los cuales lo arrastraba aquella visión especiosa, tratando, conforme a su instinto, de encontrar su lugar y su proporción en el conjunto.

—Fue la casualidad —dijo—; fue la suerte. Hemos salido; sucede que hemos salido, y en, ninguna manera por nuestras propias fuerzas... y sin embargo, no, no sé...

Guardó silencio por un largo rato antes de, proseguir:

—Al fin y al cabo... todavía hay edades... Apenas ha habido hombres durante veinte mil años, y la vida existe desde hace veinte millones de años... ¿Qué son las generaciones?... ¿Qué son? Enormes, y nosotros somos poca cosa. No obstante, sabemos... sentimos... no somos átomos mudos... formamos parte de la vida... formamos parte de ella dentro de los límites de nuestras fuerzas y de nuestra voluntad. Hasta el morir forma parte de la vida... Que muramos es que existamos, pertenecemos a la vida... A medida que los tiempos vengan... puede ser... los hombres serán más sabios... ¿Más sabios? ¿Comprenderán alguna vez?

Se calló de nuevo. Elisabeth nada contestaba a esas cosas, pero contemplaba la cara soñadora de Denton, con un afecto infinito. Esa tarde, su mente no estaba muy activa.

Un gran contento se había apoderado de ella. Posó su pequeña mano en la de su marido. Denton se la acarició suavemente con los ojos siempre fijos en el extenso espacio dorado. Así se quedaron, mientras el sol descendía. A poco, Elisabeth se estremeció.

Denton se despertó bruscamente de las vastas profundidades de sus divagaciones, y fue a buscarle un chal.

¿Te gustó este libro?
Para más e-Books GRATUITOS visita freeditorial.com/es